Helene Hübener

In den Bergen

Zwei Erzählungen

Verlag der
Francke-Buchhandlung GmbH
Marburg an der Lahn

CIP-Kurztitelaufnahme der Deutschen Bibliothek

Hübener Helene
In den Bergen : 2 Erzählungen / Helene Hübener. –
Marburg an der Lahn : Francke, 1987.
(Edition C : H, Heimatlicht ; 36)
ISBN 3-88224-560-3
NE: Edition C / H

3550 Marburg an der Lahn
Umschlaggestaltung: Gudrun Wagner
Satz: Typo Schröder, Dernbach/Dierdorf
Gesamtherstellung:
St.-Johannis-Druckerei C. Schweickhardt
7630 Lahr-Dinglingen
Printed in Germany 25205/1989

Edition C, Nr. H 36

Inhalt

In den Bergen

Motto: Wer aus der Wahrheit ist, der höret meine Stimme

1 Ankunft in Tannengrün

Im Hochland war's, nicht weit von der bayrischen Grenze, an den Ausläufern des Erzgebirges. Da lag das Dörfchen, von dunklen Tannen umkränzt. Gesunde Luft gab's da oben, denn der Wind strich über die Höhen und nahm alles mit sich, was nicht taugte. Man sah es an den kräftigen Gestalten der Dorfbewohner, an den frischen, rosigen Gesichtern der Kinder, an den strammen Beinen der Kleinen, daß ein kerniges Geschlecht hier hauste. Die Häuser waren nett und freundlich, mit den Giebelseiten nach der Landstraße gekehrt. Es gab stattliche Bauernhäuser, von Höfen und Ställen umgeben, aber auch kleine Hütten, die auf Armut der Besitzer schließen ließen. Am Ende des Dorfes befand sich ein langgestrecktes Gebäude, einem Herrenhause ähnlich, oder mehr noch einer Försterei, denn im Hintergrunde erhob sich der dunkle Tannenwald und bot Schutz gegen Stürme und Unbilden des Wetters. Vor dem Hause war ein geräumiger Hof mit Schuppen und Ställen. Aber es war kein Leben ringsum, Menschen und Tiere schienen ausgestorben. Doch jemand mußte wohl dort wohnen oder eben eingezogen sein, denn die Fenster waren geöffnet, und vor dem Hause standen Kisten mit Heu und Stroh, als ob ausgepackt sei. Am offenen Hoftor standen neugierige Kinder, die schüchternen hatten sich hinter die Pfeiler versteckt und lugten nach den Fenstern, als ob sich dort etwas Außerordentliches begeben müßte. Es regte sich aber nichts. Aus dem gegenüberliegenden Nachbarhäuschen guckte ein dickes, rundes, neugieriges Gesicht. Frau Wilde stand da, die Arme in die Seiten gestemmt und den Oberkörper vorgebeugt; man sah es ihr an, sie wollte sich nichts entgehen lassen.

»Mutter, o Mutter«, schrie ein etwa zehnjähriger Junge und riß die Tür auf. »ich hab' sie gesehen, alle beide, nein, alle drei. Und ein Möbelwagen ist dagewesen, nein Mutter, so ein Wagen! Du kannst dir's nicht denken, wie der ausgesehen hat. Schöne Sachen haben sie ausgepackt, Bilder mit goldigen Rahmen, feine Möbel, ein Sofa von braunem Sammet und gestickte Kissen. Hättest es nur sehen sollen!«

»Du dummer Junge, was rufest du mich nicht? Hab' den ganzen Morgen auf dem Acker gesteckt und mit dem Vater Dünger gestreut. Hättest doch kommen sollen und mir's sagen, als der Wagen ausgepackt wurde –«

»Nee, das ging nicht, da hätt' ich auch nichts gesehen. Mutter, ich erzähle dir alles.«

»Um alles in der Welt, August, jetzt schaut ein Frauenzimmer zum Fenster heraus. Sie sieht aus, als ob sie etwas suche. Lauf, Junge, so schnell du kannst, und frag die Dame, ob sie etwas wünschen täte. Sei ordentlich und artig, hörst du?«

Wie ein Pfeil schoß der Junge davon. In einem Satz war er die Treppe hinauf und stand mit hochrotem Gesicht vor der Tür. Diese öffnete sich schon, die Dame hatte den Jungen kommen sehen.

»Kleiner, kann man im Dorfe etwas Salz bekommen? Ich denke, ich habe an alles gedacht, nun fehlt das Nötigste.«

Der Junge lächelte pfiffig und schwieg.

»Nun?« sagte die Dame.

»Salz kann man kaufen bei der Frau, die alles hat –«

»Du guter Junge, willst du mir ein Pfund holen?« sagte die Dame, die erhitzt aussah, inmitten ihrer Möbel und Sachen, die noch ungeordnet um sie herum standen und lagen.

August streckte als Antwort seine Hand hin, in welche das Geld gelegt wurde. Er schnellte wieder davon, bog links um die Ecke und lief auf ein Haus zu, das über der Haustür ein großes schwarzes Schild trug, auf dem mit weißen Buchstaben zu lesen war: »Materialwaren bei H. Lickefell.« Das war »die Frau, die alles hat«. Ja wahrlich, wenn man in den Laden trat, bekam man einen Begriff davon. Da gab es Käse und Wurst, sauren Hering und Eier, Schinken und Speck. Auch Brote in verschiedener Menge und Semmeln, bräunlich knusprige und blasse, weiche lagen in einer Ecke in Körben. Hier stand eine Glasbüchse mit Bonbons und Zukkerstengeln, neben ihr eine mit braunem Kandis. Und was mochten die verschiedenen Kasten noch alles bergen; es konnte einem das Wasser im Munde zusammenlaufen bei all den Herrlichkeiten.

»Frau Lickefell, ganz geschwind ein Pfund Salz; es ist nicht für uns, es ist für die Herrschaft, die ins Schlößchen gezogen ist. Und ich soll es holen!«

Frau Lickefell stand gerade und machte ihrer Lina, der sechsjährigen, das Haar. Eben hatte sie der Pomadenschachtel ein Kleckschen entnommen und rieb es zwischen beiden Händen breit, um das Haupt ihrer Tochter damit zu salben. »Für die Herrschaft? Die kauft bei mir! Gleich, du Junge, ich will mir nur ein wenig die Hände spülen.« Sie lief an das Waschbecken, tauchte die Finger eilfertig hinein, trocknete sie an der Schürze und holte aus der Salztonne mit beiden Händen das Gewünschte. Lina war unterdes mit aufgelöstem Haar und offenem Munde an die Haustüre geeilt, um auch etwas zu sehen. Der Junge gab ihr einen Schubs, daß sie an die Wand prallte, und rannte mit seiner Salztüte davon.

»Danke dir, du guter Junge«, sagte die Dame. »Kannst du mir vielleicht sagen, ob man hier im Dorfe gute Butter bekommt?«

»Die Frau, die alles hat, verkauft welche. Aber unsere ist besser, die Mutter hat ganz frische.«

»Du bist ja ein prächtiger Junge«, rief die Dame erfreut. »Frage deine Mutter, ob sie mir ein Stück ablassen will, dann bin ich aus aller Not.«

August stand wieder bei der Mutter und berichtete. »Butter soll ich der Herrschaft ablassen! Vater, höre doch, die Dame will von meiner Butter essen. Da muß ich selber hinübergehen und kann mir alles anschauen.«

Der Vater, ein ehrsamer Kuhhäusler, saß am Tisch und verzehrte sein Mittagsbrot. Seine Gattin hatte ihm einen hohen Berg dampfender Kartoffeln auf die Wachsdecke geschüttet, und er saß davor und aß mit einem Wohlbehagen und einer Gemütsruhe, die sich durch nichts erschüttern ließ. Von Zeit zu Zeit biß er herzhaft in ein Stück Wurst, das er fest in der linken Faust hielt, und während die Frau vor Staunen und Wundern über alles, was August berichtete, die Hände zusammenschlug, lichtete sich der Kartoffelberg, die Wurst verschwand, und als er sein Werk vollendet hatte, stand er schwerfällig auf und legte sich auf die hölzerne Ofenbank. Ein lautes Schnarchen bekundete, daß nichts, was um ihn her vorging, seinen Mittagsschlaf störte.

»Um alles in der Welt, der Vater schläft! Nein, der kümmert sich um gar nichts. August, geschwind, lang' mir meinen Sonntagsrock her und das rote Kopftuch und nimm die blaugeblümelte Schürze aus der Kommode, ich will die Butter aus dem Keller holen.«

Droben im Schlößchen ward es nun auch lebendig. Fräulein Angelika Würden lief mit der Salztüte in das Nebenzimmer, das schon einigermaßen behaglich hergerichtet war.

»Väterchen, hier ist Salz, die Würze des Lebens. Nun kannst du deine Eier essen, du armes Väterchen.«

»Endlich«, brummte der alte Hauptmann Würden, der in seinem Lehnstuhl saß und ungeduldig auf das Fehlende gewartet hatte. »Es ist kein Wunder, daß man Hunger hat. Wo steckt denn eigentlich Mine?«

»Mine sitzt in der Küche und heult. Es ist gar nichts mit ihr anzufangen.«

»Ein wahrer Unsinn, daß du sie mitgenommen hast. Wo die Leute zu Hause sind, da sollen sie bleiben. Sie wird uns noch ein schönes Elend hier bereiten.«

»Väterchen, du mußt essen«, mahnte Angelika. Als sie den Hauptmann mit allem wohlversorgt hatte, verließ sie das Zimmer. Sie ging den Gang entlang, der die Zimmer zu beiden Seiten des Hauses teilte, und blieb in der offenen Küchentür stehen. Da saß Mine, den Kopf in beide Hände gestützt, und heulte, daß es zum Erbarmen war.

»Mine, soll denn dies so fortgehen?« rief Angelika erzürnt. »Du mußt dich zusammennehmen, was soll denn sonst werden?«

»Nee und nee, und bleiben tu' ich nicht. Hu, hu, hu – Es gefällt mir einmal nicht, und ich will wieder nach Warnkenhagen zu meiner Mutter. Hu, hu, hu –«

»Aber, liebes Kind, das geht nicht gleich. Du hast mich gebeten, ob du nicht mit uns ziehen könntest. Nun mußt du wenigstens eine Zeitlang aushalten, die Reise von Norddeutschland hierher ist weit und teuer –«

»Aber die Leute hier schnacken alle so sonderbar und gucken einen so an. Und ausgelacht haben sie mich auch schon, als ich plattdeutsch mit ihnen schnacken wollte. Nee, und das laß ich mir nicht gefallen, und bleiben tu' ich nicht.«

»Seien Sie doch nur ruhig, Köchin«, erscholl plötzlich eine Stimme. »Es ist doch ganz schön hier, es wird Ihnen schon gefallen. Sie müssen sich nur erst angewöhnen. Wir sind keine garstigen Menschen, mit uns läßt es sich leben. Heulen

Sie doch nicht so, es ist ja gerad' als wären Sie noch ein Schulmädel.«

Mine nahm die Hände vom Gesicht und guckte mit ihren verschwollenen Augen auf die Frau, die hinter Fräulein Angelika zum Vorschein kam. Diese wandte sich nach der Sprecherin und sagte:

»Wie freundlich von Ihnen. Sie bringen mir Butter. Wir sind hier ganz fremd und mein Mädchen, das mir sonst so schön geholfen hat, ist, seit wir hier sind, zu nichts zu gebrauchen.«

»Nu aber, es ist doch so schön hier!«

»Nee, das is es gar nicht. Zugebaut ist alles durch die alten, einförmigen Berge. Man steckt ja wie in einem Kasten und kann kaum Atem holen«, schluchzte Mine.

Die Frau schaute verwundert auf. »Sie sind wohl weit her?« fragte sie. »Wohl noch hinter Leipzig?«

»Ja«, lächelte Angelika, »weit hinter Leipzig. Aber wir sind vor einigen Jahren hier durchgereist, und da die Gegend so schön ist, hat mein Vater sie zu seinem Aufenthalt gewählt. Er liebt die Täler mit den klaren Bächlein und die steilen Höhen; die Natur geht ihm über alles –«

»Ja und Kartoffeln wachsen hier, so schön hat man sie nirgends«, stimmte die Frau ein.

»Und die prächtigen Wiesen mit den schönen Blumen –«

»Geben gar schönes Gras für unsere Ziegen und für die Kuh, ja, es ist hier ein gutes Leben. Wenn nur das Ding da nicht so albern wäre«, fügte Frau Wilde mit einem Blick auf Mine hinzu.

Mine, die sich mit ihrem rot karierten Taschentuch die Augen gewischt, fing abermals an zu heulen und schluchzte:

»Ja, Sie! Ich möchte wissen, wenn Sie so weit von Ihrem Dorfe weg wären, ob Sie nicht auch heulen täten –«

»Ja freilich, das könnt' ich mir nicht ausdenken, wie das

sein täte. Zweimal bin ich beinah' bis Leipzig gewesen, aber als drei Tage um waren, da hab' ich's nimmer ausgehalten, da hab' ich gemacht, daß ich wieder heimgekommen bin.«

Mine trocknete die Tränen und sah die Frau triumphierend an. Sie fand Mitgefühl, das half ihr. »Sehen Sie, Fräulein Angelika!«

»Es kann aber nun nichts helfen, Mine. Vorderhand mußt du dich in das Unvermeidliche fügen –«

»Und auffressen tun wir Sie hier nit«, sagte die Frau gutmütig, indem sie Angelika neugierig in die Stube folgte, um ihr Geld in Empfang zu nehmen.

Es wurde ausgemacht, Frau Wilde sollte wöchentlich zweimal Butter liefern, und dann verabschiedete sich diese. Ihr Gesicht strahlte, als sie von dannen ging. Sie war die Bevorzugte des Dorfes. Sie hatte alles gesehen, hatte mit dem Fräulein gesprochen, hatte den alten Herrn husten hören im Nebenzimmer und konnte den wißbegierigen Nachbarn über alles Auskunft geben. Mit wichtiger Miene schritt sie aus dem Hause, rechts und links sehend, ob nicht eine oder die andere Frau Gevatterin merkte, daß sie vom Schlößchen kam.

»Weint Mine immer noch?« fragte der Hauptmann seine Tochter.

»Ich höre, daß sie eben wieder anfängt«, seufzte Angelika.

»Potz Blitz und Element«, fuhr der alte Herr auf, nahm seine Pfeife aus dem Mund und ging mit heftigen Schritten zur Tür hinaus. Er konnte lange Geduld haben, wenn aber der Geduldsfaden riß, dann –

»Potz Tausend, Mine, hört das Geheul auf oder nicht? Im Augenblick steckst du den roten Heullappen in die Tasche und bist mir ruhig. Solche Szenen will ich hier nicht haben, verstanden?«

Mine fuhr sich noch einmal schnell mit dem Tuch über das ganze Gesicht, erhob sich kerzengerade und sagte: »Jawohl, Herr Hauptmann!«

»Meine Stiefel stehen noch ungeputzt. In zehn Minuten will ich ausgehen. Eins, zwei, drei an die Arbeit!«

Mine hatte schon einen Stiefel über den Arm gezogen und griff nach der Wichsbürste.

»So, und nun hübsch blank, bitt' ich mir aus. Und dann hilfst du meiner Tochter. Wenn ich wiederkomme, will ich das Zimmer in Ordnung haben, verstanden?«

»Jawohl, Herr Hauptmann!«

Der Alte schmunzelte und kehrte ins Wohnzimmer zurück. Angelika sah fragend zu ihm auf. »Alles in Ordnung«, lachte er. »Nun, mein Töchterchen, wie gefällt dir's hier?«

»Mir gefällt's überall, wo es dir heimisch ist. Die Gegend hat etwas sehr Anziehendes.«

»Aber Umgang wirst du entbehren!«

»Ich lebe mit den Dorfbewohnern, Väterchen. Es macht mir Freude, ihre Sitten und Gewohnheiten kennen zu lernen, an ihren Freuden und Kümmernissen teilzunehmen. Wie sehr ich der Jugend zugetan bin, weißt du; vielleicht kann ich hier und da ein wenig guten Samen ausstreuen. Das Pfarrdorf liegt nicht weit, es soll ein junger Pfarrer mit seiner Frau erst seit kurzem eingezogen sein. Sie werden dem ältern Fräulein ihr Haus gewiß gern öffnen.«

Jetzt brachte Mine die Stiefel und fragte mit bescheidener Miene, immer scheu nach dem Hauptmann blickend, ob sie etwa scheuern sollte. Angelika gab ihr Geld, mit der Anweisung, erst im Kaufladen, der gleich um die Ecke liege, Seife zu holen.

Mine ging. Sei es nun, daß die frische, reine Gebirgsluft ihr wohltat, oder hatten die würzigen Worte des Hauptmanns es erreicht, es wurde ihr auf einmal leichter zumute. Als sie den blauen Himmel über sich sah und die grünen Tannen vor sich, da meinte sie, so könnte es in der Heimat um diese Jahreszeit auch aussehen. Und als sie nun um die Ecke kam und sah das Haus mit dem gelben Anstrich und dem schwarzen Schild und buchstabierte den Namen »Lickefell«, da verklärten sich ihre Züge und ein Lächeln zog um ihren Mund.

»Nun, Jungfer«, sagte die in der Haustür stehende Frau, »Sie sehen mich ja an, als täten Sie mich kennen. Kommen Sie nur näher.«

»Sie heißen ja beinahe wie unser Kaufmann in Warnkenhagen. Der heißt: Lickebein, aber sein Schild ist just so. Ich soll etwas Seife holen.«

»Jawohl, Jungfer, ich habe sehr gute von allen Sorten. Sehen Sie hier.« Sie schob ein Brot beiseite, das auf dem Seifenkasten lag, und eben wollte sie einige Stücke hervorziehen, da rief Mine:

»Sie haben ja das Brot auf die Heringtonne gelegt. Na, das dürft' ich dem Herrn Hauptmann nicht bringen, der ist sehr eigen mit so etwas.«

»Nee, nee, das kriegt er auch nicht. Warten Sie nur, mein Kind, das wird noch anders. Und wenn Sie Band oder Zwirn brauchen –«

»Haben Sie Schreibpapier?«

»Ei freilich. Schöne Bogen mit dem Kaiser drauf, oder mit Blumen und Verzierungen, wie Sie's wollen.«

»Wischen Sie sich doch erst die Hände ein bißchen ab, ehe Sie mir Briefpapier geben.«

»Es ist ja nur ein wenig reine Seife, doch, wie Sie wollen.« Sie breitete ihre Schätze vor Mine aus. Dieselbe wählte einen Bogen mit Vergißmeinnicht, das hielt sie für das passendste. Eine Flasche Tinte und einige Federn wurden noch erhandelt, und nun ging sie davon mit dem Trost im Herzen, morgen an die Mutter und die Warnkenhager Freunde schreiben zu können. Als sie zurückkam, war das Elend, in dem sie zu stecken meinte, schon lange nicht mehr so groß. Sie begann ihre Arbeit mit gewohnter Schnelligkeit. Im Verlauf von einigen Stunden machten die Zimmer einen sauberen, gemütlichen Eindruck. Zum Schluß mußte Mine den Tritt holen, um die vom Fräulein angesteckten Gardinen aufzulegen, und nun war das Werk vollendet. Angelika gab dann dem Mädchen Anweisung, vom Nachbar drüben frische Milch zu holen. Sie selbst deckte den Tisch und sah zum Fenster hinaus nach dem Vater, der noch nicht von seinen Entdeckungsreisen zurück war. Da tönte von fern über die Höhe herüber das Abendläuten vom Kirchturm des nahen Pfarrdorfes. Angelika faltete die Hände und betete leise: »Unsern Eingang segne Gott, unsern Ausgang gleichermaßen.«

Mine stand drüben im Kuhstall. »Nicht wahr, Jungfer Minchen, unsere Kühe sind just wie Ihre –«

»Ja, gerade so«, sagte Mine treuherzig, »vorzüglich die eine. Man könnte denken, es wäre meiner Mutter ihre. Nee, hier im Kuhstall wird mir's ganz wie zu Hause.«

»Na, wenn Sie Heimweh haben, kommen Sie nur herüber zu unsern beiden Schwarzen. Sie können auch mit meiner Tochter Amanda einmal zur Stadt fahren, wenn's die Herrschaft erlaubt. Amanda kommt immer abends nach Hause, sie arbeitet in der Fabrik.«

»Das kann ich nicht. Bei uns dienen die Mädchen oder helfen zu Hause.«

»O, die Amanda verdient sich ein schönes Geld dort.«

»Das tut sie sich wohl auf die Sparkasse?«

»I, behüte. Dafür kauft sie sich schöne Sachen. Sie hatte einmal einen feinen Umhang und ein goldenes Umhängsel, gerade so wie die reichen Bauerntöchter hier. Das kauft sie sich alles für das Geld, was sie in der Fabrik verdient. Ja, Sie sollen einmal meine Amanda sehen, wenn sie Sonntags ausgeht. Beinahe wie eine Prinzessin, ich glaub's manchmal selbst nicht, daß es meine Amanda ist. Aber das Fräulein schaut zum Fenster heraus«, rief plötzlich Frau Wilde, die Mine, nachdem sie ihr die Milch gegeben, bis ans Hoftor begleitet hatte.

Mine ging. Das zuletzt Gehörte ging ihr sehr im Kopfe herum. Junge Mädchen gab's auch hier, und zwar sehr feine, wie es schien. Würde es ihnen wohl in der Toilette gleich tun können! Beim Zubettgehen kramte sie lange in ihren Schleifen und Broschen herum und sah das Kirchenkleid prüfend an, ob's wohl gut genug sei für die hiesigen Dorfbewohner.

Angelika hatte andere Gedanken. Sie stand sinnend an ihrem Fenster und sah die Gegend in Mondscheinbeleuchtung. Silbern glänzte der Dorfteich zur Seite des Hauses. Zwei mächtige Pappeln streckten ihre jetzt noch kahlen Äste in die Lüfte. Wie hübsch mußte es sein, wenn sie grün belaubt sein würden, wenn der Mai kommen würde mit seinem Blütenduft und Sonnenschein, wenn die Kastanien blühten, die den Hof umgaben. Himmelsschlüssel und Veilchen mußte es jetzt schon geben. Jetzt lag das Dörfchen still in tiefem Frieden. Wie würde sich wohl der Verkehr gestalten zwischen den Dorfbewohnern und ihr? Würden sie Vertrauen haben und würde sie Vertrauen schenken können? Sie wollte das Beste. Sie wollte nicht an dem Ort, dahin sie Gott geführt, müßig sein, nein, wenn es sein könnte und Gott ihr seine Hilfe nicht versagte, wollte sie auch hier eine Arbeiterin sein in seinem Weinberge.

2 Der erste Sonntag

Der folgende Tag war ein Sonntag. Der Hauptmann, welcher sich von den Strapazen der letzten Tage angegriffen fühlte, blieb zu Hause, während Angelika langsam die Höhe erstieg, über welche es zum Kirchdorf ging. Sie war eine hohe, schlanke Gestalt und hatte etwas Vornehmes in ihrer Erscheinung. Ihr Wesen aber war herzliche Freundlichkeit; ihr Gesicht war nicht hübsch, hatte jedoch etwas Anziehendes, was wohl von den Augen herrühren mochte, aus denen, als aus dem Spiegel der Seele, inneres Leben leuchtete. Sie wartete auf Mine, die wahrscheinlich noch mit ihrem Staat zu tun hatte. Wie still und feierlich war's hier oben auf der Höhe. Sie sah abwärts, da lag das stattliche Haus, welches ihr Vater und sie bewohnten. Letzterer, welcher eine Reihe von Jahren in Norddeutschland in Garnison gestanden, hatte sich immer gewünscht, hierher in sein Heimatland zurückkehren zu können. Nun war er in Ruhestand gesetzt und hatte ein Plätzchen gesucht, wo er, fern vom Geräusch der Welt, mit seiner einzigen Tochter leben möchte. Es hatte sich glücklich gefügt, daß hier in dieser schönen Gegend ein leerstehendes Herrenhaus billig zu vermieten war. Es war weit von Angelikas Heimat. Sie hatte ihre Kindheit und Jugendzeit im Norden verlebt, aber gern folgte sie dem Vater, dem sie alles war. Ihre Mutter hatte sie früh verloren, eine treffliche Hausdame hatte ihre Erziehung geleitet und ihr Herz zum Heiland gewiesen. Sie hatte ihn lieb, und in Ihm ihre Mitmenschen. Darum hatte sie die Augen offen für anderer Leid, und das zu lindern war ihre Freude. Sie sah rings um sich. Jetzt läuteten die Glocken im Dorfkirchlein. Da kam ihre Mine aus dem Hause gestürzt. Bautz – da lag sie. Sie wischte lange an ihrem Sonntagskleide herum, so, nun kam sie. Aber waren sie denn die einzigen Kirchgänger? Sie hatte sich vorgestellt, das ganze Dorf müsse mit ihr den Berg hinanwallen zum Hause Gottes. Hie und da auf den Feldern sah sie Leute im Arbeitsanzug. Sollte es hier auch wie in der Heimat sein, daß der Sonntag seine Bedeutung verloren hatte? Vor ihr auf der Landstraße ging ein gebeugtes Mütterlein im schwarzen Kirchenkleide, ein jüngeres Wesen ging daneben; sie hatte Lust, Bekanntschaft mit ihnen zu machen. Doch erst blickte sie noch einmal rückwärts nach ihrer Mine. Sie kam hinter ihr hergestolpert, bautz, da lag sie schon wieder. Endlich kam sie angekeucht.

»Nee, aber, Fräulein, die einfältigen Berge. Man macht sich all sein Sonntagszeug zunicht. Muß man denn immer so klettern, wenn man hier in die Kirche will? Wenn die Kirchen nicht einmal auf dem schieren Erdboden liegen –«

»Mine, laß das Schelten und sieh einmal um dich. Sieh, wie schön Gottes Welt ist –«

»Na, ich bin doch aber auch schön, Fräulein. Sehen Sie nur hier meine blauen Ohrlocken und die rote Korallenkette.«

»Aber Mine, wozu der Anputz? Der liebe Gott sieht nicht danach, sondern nach dem Herzen, das willig ist, Sein Wort zu hören.«

»Ja, die fremden Leute hier sollen sehen, daß ich auch nicht vom Felde aufgelesen bin. Ich bin anständiger Leute Kind –«

»Du hast brave, gottesfürchtige Eltern und ihr Segen ist mir dir gegangen. Das ist die Hauptsache. Und nun sieh, wie schön es hier ist, jetzt kannst du weit um dich schauen, wie in der Heimat.«

»Ja, aber höckerig ist es doch, zu Hause ist es schierer.«

Sie schritten rüstig vorwärts und hatten bald die beiden Kirchgängerinnen erreicht.

»Guten Morgen, Mütterchen«, sagte Angelika, »Ihr wollt wohl auch zur Kirche?«

»Es ist das Beste, was man hat auf dieser Welt«, sagte die Alte seufzend. »Der Weg wird ein bißchen schwer, aber es geht halt noch.«

»Sind Sie Witwe?«

»Ich lebe bei meiner Tochter«, antwortete das Mütterchen ausweichend.

Angelika sah auf die Junge.

»Das ist nicht meine Tochter. Meine Lene ist verheiratet und wohnt unten im Dorf.«

Die jüngere Frau erzählte Angelika auf deren freundliche Frage, daß sie Witwe sei und wenig zu leben habe. Sie fügte hinzu, daß sie dankbar sein würde, wenn das Fräulein sie bei der Wäsche oder beim Reinmachen zuweilen anstellen könnte. Angelika versprach dies und wandte sich wieder zu der Alten.

»Wie hübsch liegt das Kirchdorf«, bemerkte sie.

»Ja, es wachsen schöne Kartoffeln ringsumher«, bestätigte diese. Angelika merkte, daß für die Leute Kartoffeln der Inbegriff alles Schönen waren, ja ihr Hauptreichtum, als tägliches, fast alleiniges Nahrungsmittel.

Nun waren sie im Dorf. Es war größer als Tannengrün und hatte mehr aufzuweisen. Es gab eine große Bäckerei, Handwerker aller Art wohnten im Dorf, und hinter der Kirche lag das hübsche Pfarrhaus hinter Linden versteckt. Auf dem Kirchhof standen die Kirchleute, eifrig miteinander plaudernd. Angelika ging still grüßend durch die Reihen, eingedenk des Wortes: »Bewahre deinen Fuß, wenn du zum Hause Gottes gehst und komme, daß du hörest.«

Ja dort gab's zu hören. Gottes lebendiges, kräftiges Wort wurde von der Kanzel verkündigt. Ein junger Geistlicher, erfüllt vom Geiste Gottes, predigte Buße und Glauben mit einer überzeugenden Kraft, daß die Zuhörer spüren konnten, es war nicht angelernt, sondern eigenste, innerste Erfahrung.

Nach der Kirche machte Angelika, die sich geistig gestärkt und erquickt fühlte, einen Besuch im Pfarrhaus. Die Pastorin, eine frische, junge Frau, empfing sie freundlich und unterhielt sie liebenswürdig, bis ihr Mann aus der Kirche kam. Pastor Becker hatte etwas Herzliches, Vertrauenerweckendes. Angelika war bald mit ihm in ernstem Gespräch. Er trug seine Gemeinde auf treuem, betendem Herzen und sagte, er mache sich für jede einzelne Seele verantwortlich, die ihm befohlen sei. Aber die Arbeit sei schwer, da der Boden im allgemeinen hart und unzugänglich sei. »Aber«, sagte er und seine Augen leuchteten, »das Wort Gottes hat eine Kraft, die alles durchdringt, die das Harte mürbe macht und den Acker des Herzens locker.«

Angelika antwortete darauf, daß ihr Vater und sie treue Gemeindeglieder werden möchten und ihm nicht hinderlich in seinem Beruf.

»Das glaube ich«, sagte er mit herzlicher Freundlichkeit. »Ich glaube sogar, ich werde liebe Mitarbeiter bekommen.« Er sah sie mit seinen klugen Augen fragend an.

Angelika versicherte, daß es ihr eine große Freude sein würde, hier und da guten Einfluß üben zu können. Dann brachte die junge Frau ihr kleines Söhnlein, und das Gespräch nahm eine andere Wendung. Angelika fühlte sich bald heimisch in dem kleinen Kreise und schied ungern. Mit dem Versprechen, bald mit dem Vater, den sie jetzt nicht länger warten lassen dürfe, wiederzukommen, brach sie auf, höchst befriedigt von ihrem ersten Besuch.

Sie ging schneller heimwärts, als sie gekommen. Als sie wieder auf der Höhe war, schaute sie noch einmal rückwärts auf das Dorf, in dem sie diesen Morgen so viel Segen empfangen hatte, und dann vorwärts nach Tannengrün, das sie nun vor sich liegen sah. Sie bemerkte, daß auf halber Höhe, rechts hinter Bäumen versteckt, ein stattlicher Bauernhof zu sehen war. Ein massives, großes Haus, schöne Ställe und Scheunen, alles in musterhaftem Zustand. Der Besitzer mußte wohlhabend sein.

Auf dem Wege, dem Tor gerade gegenüber, stand das Mütterchen, mit dem sie zur Kirche gegangen war. Die Frau schien auszuruhen, sie war gewiß müde vom langen Gehen. Angelika beschleunigte ihre Schritte und sagte, als sie die Alte erreicht hatte, teilnehmend: »Legen Sie Ihren Arm in den meinigen, so geht's besser.«

Die Frau, welche das Fräulein nicht hatte kommen hören, schrak heftig zusammen, eine brennende Röte stieg ihr ins Gesicht. Angelika, welche meinte, es komme von der Anstrengung, beachtete es nicht weiter, sondern fragte im Weitergehen: »Wie heißt der Besitzer von jenem Bauernhof?«

»Der heißt Witt«, sagte die Frau, »Leberecht Witt.«

»Es scheint alles in musterhafter Ordnung zu sein.«

»Ja, alles ist in Ordnung bei ihm, Haus und Hof, Acker und Wiesen. Nur etwas ist nicht in Ordnung. Das ist das eigene Herz.«

Angelika fühlte an dem zitternden Arm, daß die Frau erregt war. Hatte sie Ungerechtigkeit von ihm erfahren? Sie wollte nicht weiter fragen; sie waren an ihrem Hoftor angelangt, und die Alte verabschiedete sich.

Eben wollte Angelika ihrem Hause zueilen, da erscholl Hundegebell vor dem Nachbarhause. Erschreckt sah sie hin und bemerkte, daß Frau Wilde, mit einem großen Besen bewaffnet, auf einen schwarzen Hund losschlug, der winselnd zu ihren Füßen lag. Jetzt sprang er auf und lief mit eingezogenem Schwanz ins Haus, sie mit dem Besen hinterher und mit den Worten: »Warte, du Bestie«, verschwand sie von der Bildfläche.

Diese Szene war nicht sonntäglich, doch es sollte noch mehr kommen, was Angelika den sonntäglichen Frieden zu rauben drohte.

Sie ging ins Haus und fand ihr Väterchen schlafend, ein offenes Predigtbuch vor sich. Sie verließ leise das Zimmer, und nachdem sie Hut und Mantel abgelegt hatte, eilte sie in die Küche, um zu sehen, ob Mine, die vor ihr nach Hause gekommen war, das Mittagessen vorbereitete.

Sie fand sie, wie gestern, schluchzend am Küchentisch.

»Mine, was ist denn geschehen?« rief sie ängstlich.

»Ja, heute habe ich Grund zum Weinen. Ich hab' mir schon bald die Augen aus dem Kopf geweint. Ich mag's dem Fräulein gar nicht sagen. Ich kann auch nichts dafür, bloß daß ich die Küchentür aus Versehen ein kleines bißchen offen gelassen habe. Da ist so eine alte, schwarze Bestie gekommen, ein Hund muß es gewesen sein, ich sah das Untier noch über den Hof jagen. Und –«

»Und?«

»Ja, er hat alles Fleisch gefressen. Wir haben nichts zu Mittag.«

»Das ist allerdings hart«, sagte Angelika ärgerlich. »Und ich hatte dir eingeschärft, alles wohl zu bewahren und die Türen zu schließen. Mine, wenn ich auch mit Kartoffeln zufrieden bin, mein Vater muß etwas Ordentliches zu essen haben, sieh, wo du etwas herbekommst.«

Unmutig wandte sie der Küche den Rücken. Sie wußte genau, wer der Täter gewesen, Frau Wilde mußte es auch wissen, gewiß würde sie kommen und um Entschuldigung bitten.

Da kam schon jemand die Treppe herauf. Lachen und Jubeln erscholl, und eh' sie sich's versah, wurde sie von hinten umschlungen und eine Stimme rief: »Gelchen Würden, da sind wir. Wollen einmal sehen, wie euch die Waldeinsamkeit bekommt, und ob ihr wirklich nicht wieder in die Stadt kommt.«

Angelika schwirrte es vor den Augen. Mittagsbesuch und nichts im Hause. Das war der Gedanke, der ihr im Kopfe kreiste.

»Du freust dich wohl gar nicht, Gelchen. Wir sind nur auf der Durchreise. Was macht dein Väterchen? Mein Mann hat sich auf ihn gefreut und ich mich auf dich!«

Jetzt erst sah Angelika, daß ein freundlicher Herr ihr die Hand hinstreckte.

»Willkommen in Tannengrün«, sagte sie mit Selbstbeherrschung und öffnete die Stubentür.

»Wir kommen gerade zu Mittag«, sagte die Dame, »aber die Züge gehen nun einmal nicht anders. Und Freunde dürfen zu jeder Zeit kommen, nicht wahr?«

»Wenn sie vorlieb nehmen.«

Nun kam der Hauptmann. »Potztausend, alter Freund, wo kommen Sie her?«

Während das Ehepaar erzählte von einer längst beabsichtigten Reise zu Verwandten, und wie sie sich vorgenommen hätten, auf der Rückreise den Winkel aufzusuchen, in den Würdens sich versteckt, hatte Mine schleunigst die Küche verlassen und war in ihrer Herzensangst auf den Hof gelaufen.

Da stand Frau Wilde am Tor und winkte. »Mine, Sie haben Besuch bekommen?«

»Ja, sehr feinen, Gerichtsrat Eberts. Sie haben mit meiner Herrschaft viel verkehrt, als wir noch in W. waren. Und das Beste ist, wir haben nichts zu essen. Wenn ich hier im Ort bekannt wäre, dann wüßte ich, wem der nichtsnutzige Hund gehört, der mein Fleisch verschlungen hat.«

ein junges, vierzehnjähriges Mädchen ein; minder schüchtern eilte ein schwarzer Dachshund ihr vorauf und fing, als er den fremden Gast sah, weidlich an zu bellen. »In die Kammer mit ihm«, rief Frau Wilde erschrocken; im nächsten Augenblick war er verschwunden, nur ein dumpfes Brummen und Grollen zeigte an, wie wenig zufrieden er mit dieser Beschränkung seiner Freiheit war.

»Ah«, sagte Angelika lächelnd, »das ist wohl der schwarze Bösewicht, der unser Fleisch heute mittag gefressen hat?«

»Schwarze Hunde gibt's noch mehr«, sagte Frau Wilde beleidigt. »Das braucht unsrer nicht gewesen zu sein. Nicht wahr, Anna, unser Flock nascht nicht.«

Anna schüttelte den Kopf verlegen und sah scheu zum Fräulein hin. Frau Wilde lenkte schnell auf ein anderes Gespräch hin.

»Sieh nur, Anna, dies ist das Fräulein, das mit dem großen Möbelwagen gekommen ist. Du hast sie ja schon aus der Ferne gesehen. Es dauert mich immer noch so an, daß ich gerad mit dem Vater auf dem Felde düngen mußte und erst kam, als alles vorbei war.«

»Sie können mich besuchen, so oft Sie wollen«, sagte Angelika, »dann zeige ich Ihnen alle meine Schätze. Waren Sie heute morgen in der Kirche?«

»Wir gehen nit sehr«, war die Antwort. Frau Wilde nahm schnell ihren Strumpf auf und begann eifrig zu stopfen. Es entstand eine kleine Pause. Endlich sagte sie: »Die Anna geht alle Sonntage, sie wird nächstes Jahr konfirmiert.«

»Gehst du gern, Anna?« fragte Angelika.

Annas Augen leuchteten auf. »Ja«, sagte sie, »vorzüglich jetzt zum neuen Herrn Pastor.«

»Da kommt die Amanda«, rief die Mutter erleichtert. Das Kapitel vom Kirchengehen schien ihr nicht zu behagen.

Amanda trat ein. Die Mutter legte beide Hände in den

Schoß und sah das Fräulein prüfend an, was die nun wohl sagen würde. Doch Angelikas Gesicht veränderte sich gar nicht, es sei denn, daß ein leiser, wehmütiger Zug sich um den Mund legte. Amanda war ein feines Stadtfräulein. Sie hatte Tanzstunde gehabt, darum konnte sie einen Knix machen, wie er sein mußte. Das Kleid war nach der neuesten Mode gemacht, Armbänder und Halsketten fehlten nicht, auch Fransen gab es auf der Stirn, die gehörten natürlich dazu. Man sah auf den ersten Blick, daß das junge Mädchen in die Eitelkeit der Welt verstrickt war. Wie schlicht und einfach sah dagegen die jüngere Schwester aus in ihrem derben wollenen Rock und der sauberen Latzschürze darüber. Amanda war kein Umgang für Mine, das stand fest bei Angelika. Als Frau Wilde bat, Mine nach dem Abendessen ein wenig herüberzuschicken, ließ Angelika es ungewiß.

»Wir gehen ein bißchen hinüber ins Wirtshaus. Da wird heute laut gemacht«, sagte Amanda.

Angelika sah auf, als hätte sie sie nicht verstanden.

»E bissel tanzen und jubilieren, das nennen wir ›laut machen‹«, erklärte Frau Wilde. »Die Burschen necken die Mädel ein bißchen, sie wollen doch auch ihren Spaß haben.«

Bevor Angelika antworten konnte, trat der Vater ein. Eine kernige Gestalt mit biederem Gesicht, hoch und kraftvoll, er war ein ganzer Mann von der Fußsohle bis zum Scheitel. Wenn er auftrat, merkte man, er konnte etwas durchsetzen, wiewohl er selten sprach und phlegmatisch schien. Wenn er aber etwas sagte, hatte er's sich vorher überlegt, Widerspruch duldete er nicht.

»Guten Tag miteinander«, sagte er und reichte Angelika die Hand. Dann setzte er sich auf das mit Leder überzogene Sofa, nahm seine Sonntagsmütze ab und wischte sich mit seinem blauen Schnupftuch übers Gesicht.

»War nicht die Amanda hier?« sagte er, sich umschauend.

»Ist eben 'nausgeblitzt. Sie machen drüben e bissel laut, Vater.«

»Konnte hierbleiben. Braucht nicht gleich fortzugehen, wenn ich komme. Aber unser Herr Pastor ist ein Mann, den muß man gerne haben.«

»Kennen Sie ihn?« fragte Angelika erfreut.

»Er ist ein Stück Wegs mit mir gegangen. Ich hab' meinen Schwager besucht drunten im Dorf, und da holte er mich ein. Er tat mit mir sprechen, als ob er mein Bruder wär'. Ja gerade wie ein Bruder ist er mit mir gewesen. Nächsten Sonntag gehen wir zu ihm in die Kirche. Hörst du, Mutter?«

»Freilich«, sagte die Frau. »Es ist halt gut, wenn man zwischen 'nein auch einmal geht.«

Angelika brach auf. Sie wollte die Nachbarin zur Linken besuchen und dann nach Hause eilen. Die Familie Wilde gab ihr viel zu denken, die Unaufrichtigkeit der Frau wegen des Hundes hatte ihr gar nicht gefallen. Es dunkelte bereits, als sie um die Ecke ging und Frau Lickefells Laden betrat. Das war also »die Frau, die alles hatte«. Da stand sie vor dem Ladentisch und wog den Kunden ab, was sie begehrten. Jetzt legte sie sich mit dem Oberkörper über den Ladentisch und hörte eifrig zu, wie eine Frau, der sie soeben eine gelbe Tüte ausgehändigt hatte, ihr eine lange Krankheitsgeschichte erzählte von der alten Großmutter, die sie zu pflegen hatte. Eine andere Frau, die nicht warten wollte, zupfte sie am Ärmel. »Gleich, Frau Rose.« Aber die Geduld der andern wurde auf die Probe gestellt. Das Zupfen wurde dringlicher. »Lickefellen, geben Sie mir schnell ein Lot Kaffee, ich will meinem Alten, weil's Sonntag ist, ein Schälchen zu seinen Kartoffeln geben.«

»Reese, komm, hilf mir«, rief die Verkäuferin. Ein flinkes Mädchen kam aus der Stube und wog den Kaffee ab für Frau Rose, während die Mutter weiter lauschte auf das, was Frau

Adler zu berichten hatte. Die Käufer mehrten sich, und Angelika, die noch immer ungesehen an der offenen Haustür gestanden hatte, mußte Platz machen und schlüpfte, ohne daß es im Laden bemerkt wurde, in die Wohnstube. Da gab's ein anderes Bild, das ihr mehr behagte.

Eine Großmutter saß am Fenster im Lehnstuhl. Vor ihr stand ein Knabe und sagte sein Lied auf, das er morgen in der Schule wissen mußte. Er war bei dem Vers: »Sing, bet und geh auf Gottes Wegen, verricht das deine nur getreu und trau des Himmels reichem Segen, so wird er bei dir werden neu. Denn welcher seine Zuversicht auf Gott setzt, den verläßt er nicht.«

Der Junge sah das Fräulein nicht, und die Alte hatte ihr einen Wink gegeben, nicht zu stören. Jetzt stand die Großmutter auf, in der Angelika zu ihrem Erstaunen die Kirchgängerin wiedererkannte. »Gott grüße Sie, Fräulein«, sagte sie, ihr die Hand hinstreckend. »Karl, setz dem Fräulein einen Stuhl an den Tisch.«

»Ich setz mich lieber zu Ihnen, Mütterchen. Wir kennen uns ja schon vom Kirchgang her. Sie sind also die Mutter von Frau Lickefell?«

»Ja«, sagte die Alte und seufzte.

Angelika, welche meinte, sie sei Witwe, fügte hinzu: »Es ist doch gut, daß Sie bei Ihrer Tochter wohnen können. Dieselbe scheint ein einträgliches Geschäft zu haben?«

»Das scheint nur so. Was meine Tochter verkauft, muß sie sich mit ihren Kindern mühsam aus der Stadt herbeiholen. Unser beider Weg ist ein dornenvoller. Ich fürchte, meine Tochter geht unter in den Sorgen des Lebens.«

Das schien vorderhand nicht so. Denn jetzt trat die Frau mit strahlendem Gesicht in die Tür. »Der Karl sagt mir eben, daß Besuch hier ist, und ich habe nichts davon gewußt. Seien

Sie schön willkommen«, sagte sie und reichte Angelika ihre schwielige Rechte. Ja, hart und schwielig waren die Hände, auch das Gesicht, das früher hübsch gewesen sein mußte, trug den Stempel harter, mühevoller Arbeit. Frau Lickefell war eine robuste Gestalt, markig und starkknochig, sie trat wie ein Mann auf und hatte etwas Derbes in ihrem Wesen. »Reese«, rief sie zur Tür hinaus, »versorge die Kunden gut. Wäge nicht zu knapp, aber auch nicht zu reichlich. Wenn mehr Kunden kommen, kann Karl mithelfen.«

»Ich störe gewiß«, sagte Angelika. »Aber ich wollte gern meine Nachbarn kennenlernen.«

»Es schadet nichts, daß Sie gekommen sind. Bleibens nur ruhig ein wenig da. Raucht der Herr Vater? Ich habe sehr schönen Tabak.«

»Er kann einmal selbst kommen, das verstehe ich nicht«, meinte Angelika lächelnd. Nachdem sie mit der Frau Verschiedenes gesprochen hatte, fragte sie: »Ist Ihr Mann schon lange tot?«

»Ja, wenn er auf dem Kirchhof läge, da könnte ich froher sein, als ich jetzt bin«, seufzte die Frau. »Auf und davon gegangen ist er, kein Mensch weiß wohin. Wir denken, er ist in Amerika, denn dorthin gehen ja die Männer heutigestags, wenn sie zu feige sind, mit der Not zu kämpfen. Sie denken, das können die Frauen besser allein«, fügte sie bitter hinzu. »Es ist gut, daß ich mehr Mut gehabt habe, sonst wäre ich auch davongegangen.«

»Wie lange ist es her?« fragte Angelika.

»Die Kleinste war ein Vierteljahr, jetzt ist sie sechs. Sie hat ihren Vater nicht gekannt.«

Der Karl sah über sein Gesangbuch weg traurig drein, und die kleine Lina schmiegte sich an ihre Mutter. Es entstand eine Pause.

»Ja, und der Großvater«, platzte Karl plötzlich heraus,

»der hat die Großmutter zum Hause hinausgejagt. Darum ist die nun auch bei uns.«

»Willst du dein Maul halten, Junge, und dein Lied lernen. Wenn große Leute sprechen, bist du stille«, rief die Mutter.

»Denn welcher seine Zuversicht auf Gott setzt, den verläßt Er nicht«, lernte der Junge und steckte flugs beide Finger in die Ohren. Angelika wandte sich teilnehmend zu der Alten, die leise weinte.

»Lebt er noch?« fragte sie.

»Ja, er lebt und sitzt im Vollen. Der Tannenhof da oben gehört ihm.«

»Gott hat Ihnen viel Trübsal geschickt –«

»Es muß wohl gut sein für uns«, war die Antwort.

Reese steckte den Kopf zur Tür hinein.

»Draußen geblieben und aufgepaßt«, rief die Mutter.

»Die Köchin ist da. Sie will das Fräulein holen.«

»Ich muß gehen«, sagte Angelika, »mein Vater wartet.«

Mine stand draußen mit Reese, die augenblicklich keine Kunden zu bedienen hatte, in vertraulicher Unterhaltung.

»Mine, hast du den Tisch gedeckt?«

»Alles besorgt, Fräulein.«

»Dann kannst du etwas hier bleiben, wenn du nicht störst.«

»Sie stört mich gar nicht«, sagte Reese erfreut. »Nächsten Sonntag wollte ich gern mit ihr spazieren gehen, wenn's das Fräulein erlaubt. Ich weiß einen ganz glatten Weg, auf dem die Jungfer nicht zu klettern braucht.«

»Das Klettern hab' ich auch satt«, sagte Mine und langte ihren Brief hervor, um sich zu erkundigen, ob er mit guter Gelegenheit zu ihrer Mutter gelangen könnte.

»Den nimmt der Postmichel mit«, sagte Reese, »er kommt alle Morgen und bringt Briefe.«

Angelika fand ihren Vater in heiterer Stimmung. Der

Pastor war ihm begegnet, und die Bekanntschaft mit dem trefflichen Mann hatte ihm ganz das Herz für denselben eingenommen. »Mit dem läßt sich ein Wort reden«, meinte er. »Morgen besuche ich ihn.«

Nach dem Abendbrot las die Tochter dem Vater, wie gewöhnlich, vor. Doch heute hatte Angelika zu viel erlebt, als daß sie ihre Gedanken sammeln konnte. Nur in zwei Familien war sie gewesen. Wieviel aber gab ihr alles, was sie gesehen und gehört hatte, zu denken. Als sie zu Bett ging, sah sie bei Lickefells noch Licht. Saßen die beiden verlassenen Frauen noch auf und härmten sich?

Ja, es war so. Frau Lickefell hatte sich erst Ruhe geschafft vor den Kindern, hatte im Laden Ordnung gemacht und die Körbe mit Reese gepackt. Am andern Morgen ging es um vier Uhr in die Stadt, da wurde Brot und Semmeln eingekauft und was sonst im Laden nötig war. Für Hauptmanns sollte Fleisch besorgt werden, vergessen wurde nichts. Bei Frau Lickefell gab es keine Gedankenzettel, sie schrieb sich alles im Kopfe an, und so mußte auch Reese sich gewöhnen.

»Reese, denke dran, die Frau Wirtin will 6½ Meter schwarze Borte mitgebracht haben, die Wilden blaues Garn. Für Frau Adler soll ich zum Klempner gehen, für Frau Funke einen wollenen Rock besorgen. So, nun leg' dich schlafen, daß du morgen zur rechten Zeit wach bist.«

Sie trat wieder in die Stube, setzte sich auf den Stuhl, auf dem das Fräulein gesessen hatte, sah ihre Mutter prüfend an und sagte: »Mutter, was weinst denn? Zergräme dich doch nit so. Wenn ich's auch so machen wollte, blieb alles liegen. Daß der dumme Junge auch gleich alles an den Tag bringt! Na, das Fräulein wird einen schönen Begriff von uns bekommen haben.«

»Das ist es nicht, was mir Kummer macht. Aber darüber zergräme ich mich, Lene, daß du hastest vom frühen

Morgen bis zum späten Abend, daß du dir nicht einmal am lieben Sonntag Ruhe gönnst und nicht ein gutes Wort in dich hineinpredigen läßt. Der Herr Pastor hat's heute so schön gesagt, daß wir nicht bloß arbeiten, sondern auch beten sollen.«

»Bete du nur für mich mit. Ich habe keine Zeit. Danke Gott, daß ich Kräfte zum arbeiten habe. Was sollte aus euch allen werden, wenn ich nicht da wäre?«

Die Mutter seufzte. »Ich dachte eben dreißig Jahre zurück. Wenn du Sonntags früh das Mieder anzogst und deinen rot gestreiften Rock und holtest dir noch ein oder zwei Blümlein aus dem Garten, nahmst das Gesangbuch mit dem Goldschnitt und gingst in die Kirche, da schaute ich dich mit Freuden an. Du warst ein stattlich Mädchen, Lene.«

Über die harten Züge der Frau kam eine weiche Regung.

»Mutter, du denkst, weil ich die Gefühle einzwänge, ich habe keine. O, wenn ich denen ihren Lauf ließe manchmal, dann könnte ich mit Heulen nimmer aufhören. Meinst, ich denke nit daran, wie der Heinrich kam und um mich warb? Wie er mir das Blümlein Vergißmeinnicht ans Mieder gesteckt und zur Kirmes das große Zuckerherz geschenkt hat! Und wie wir dann Hand in Hand am Dorfteich gestanden haben im Mondschein und haben uns Treue gelobt! Und die Frösche haben so schön dazu gequakt. Ja, die haben auch nicht gedacht, daß der Heinrich so treulos würde und sein armes Weib und die Kinder im Stich ließe!«

»Heinrich war nicht der Schlimmste, Lene«, seufzte die Alte und ihre Hand zitterte. »Wenn der da«, und sie erhob die Hand nach dem Fenster links, nach welcher Seite hin der große Bauernhof lag, »wenn der da anders wäre, der Heinrich wäre nicht fortgegangen.«

»Wie kann nur ein Mensch so schlecht sein, wie der –«

»Versündige dich nicht, Lene. Sag nichts auf den, den du ehren mußt nach Gottes Befehl. Ich hätte auch nichts sagen sollen. Gott der Herr ist's, der da richtet.«

»Mutter, mir ist oft so bange. Der Vater hat uns seit Jahren keine Zinsen abgefordert, er wird uns mit einem Male ins Unglück stürzen. Wenn ich könnte, ich trüg ihm alle Jahre das Geld hin, aber ich verdiene ja kaum so viel, daß wir und die Kinder leben können.«

Die beiden schwiegen eine Weile und sahen trübe vor sich hin. »Mich freut's nur, daß die Berta, unsere Älteste, so gut einschlägt und einen so netten Dienst hat in der Stadt. Und Wilhelm wird ein braver Mensch, er läßt sich gut an, ist fleißig bei seiner Zimmerarbeit in der Stadt und geht manierlich und ordentlich einher. Heute hat er mir wieder etwas von seinem Verdienst gebracht.«

»Ja, der Wilhelm ist ein guter Sohn«, bestätigte die Alte. »Warum ist er denn heute so früh fortgegangen?«

»Er ist ein Stündchen in den Gasthof gegangen. Die Jugend will auch leben und froh sein. Um sieben Uhr wollte er wieder in die Stadt fahren. Doch ich bin müd, die Augen wollen halt nicht mehr offen bleiben. Geh, Mutter, leg dich schlafen und zergräme dich nit, es kann uns doch alles nichts helfen.«

Nach einer Viertelstunde war alles dunkel im Häuschen, und der Nachtwächter blies in sein Horn.

4 Wilhelm Lickefell

Auf einem Zimmerplatz in der Stadt feierten die Gesellen und Burschen und verzehrten ihr Frühstück. Die Frühlingssonne schien warm auf die Stelle, wo die jungen Leute, gegen die Bretter gelehnt, standen und sich unterhielten. Es war Montag. Hauptgespräch war, wie sie sich den Sonntag lustig gemacht und die Zeit verbummelt hatten. Die meisten von ihnen waren in Tannengrün gewesen. Das war von der Stadt aus in zehn Minuten zu erreichen, und der Gasthof war beliebt.

»Wilhelm Lickefell flog nicht schlecht aus der Tür gestern. Wer warf ihn eigentlich hinaus?« fragte ein kecker Krauskopf.

»Das war meine Wenigkeit«, kicherte ein langer, häßlicher Geselle. »Er hatte mich beim Kegelspiel betrogen, darum wurde er auf den Schub gebracht.«

»Du lügst«, sagte ein schmucker Bursche von etwa dreiundzwanzig Jahren. »Wenn du das noch einmal sagst, pack ich dich beim Kragen und setze dich auf die Landstraße.«

»Mir ganz recht«, lachte der andere. »Da oben kommen die Fabrikmädchen, da hab' ich Unterhaltung.«

»Sag' nur, Wilhelm«, begann ein dritter, »wem flogst du denn gerade in die Arme? Es war wohl gar der Schwarzrock aus Wilkenau?«

»Ja, wenn dir daran gelegen ist, es zu wissen, ich bin mit ihm in die Stadt gefahren.«

»Oho«, kicherten die andern, »er hat dir wohl im Wagen etwas vorgepredigt, weil du nicht bei ihm in der Kirche warst?«

»Ihr hättet ja mit dem 7 Uhr-Zug in die Stadt zurückfahren können, dann hättet ihr auch gehört, was er gesagt hat.«

»Wo bist du denn mit ihm hingegangen? Der Leberecht sagte, er hätte dich mit ihm in die Stadt gehen sehen.«

»Das kümmert keinen etwas, am allerwenigsten euch«, sagte Wilhelm trotzig.

Jetzt ertönte die Glocke, der Meister erschien auf dem Platze, und das Gespräch hatte ein Ende.

Zur Mittagszeit zerstreuten sich die Gesellen. Die Lehrlinge aßen beim Meister, die Gesellen mußten sich selbst beköstigen. Wilhelm ging in einen Fleischerladen und holte sich ein Stück Wurst, das er zu seiner Semmel verzehrte. Im Winter blieb er im Lokal, heute zog er es vor, auf der Straße, außerhalb der Stadt, zu spazieren, um frische Luft einzuatmen. Er mied mit Absicht die andern Gesellen, er neigte zur Heftigkeit und wenn das Gespräch wieder auf den gestrigen Abend gekommen wäre und sie ihn gereizt hätten, hätte er etwas tun können, was ihn hernach gereute. Er hatte etwas, das er innerlich verarbeiten mußte, denn er blieb oft in Gedanken versunken stehen und schien von der Außenwelt nichts zu merken. So überhörte er auch den Gruß eines Mädchens. Erst als diese ihn am Ärmel zupfte und sagte: »Wilhelm, du kennst mich ja heute gar nicht«, fuhr er auf.

Das Mädchen war schmuck und einfach gekleidet und trug einen Handkorb. Sie mußte wohl in der Stadt dienen.

»Berta, du bist's«, sagte Wilhelm erfreut. »Warum bist du denn gestern nicht nach Tannengrün gekommen?«

»Meine Herrschaft hatte Besuch. Aber es hat auch ein schönes Trinkgeld gegeben. Sieh nur, drei ganze Mark. Die Mutter soll die Hälfte davon haben«, sagte sie strahlend. »Wie geht's draußen?«

»Die Mutter plagt sich und die Großmutter grämt sich«, sagte er achselzuckend.

»Wann bist du gestern zurückgekommen?«

»Aus Tannengrün schon um sieben. Aber wo ich dann

gewesen bin, rätst du nicht; mit wem ich gegangen, noch weniger.«

»Sag' schnell«, trieb Berta, »meine Frau leidet's nicht, wenn ich unterwegs plaudere. Wir können ja weitergehen dabei.«

Wilhelm kehrte mit der Schwester um, wieder der Stadt zu.

»Ich ging«, erzählte er, »gestern von der Mutter in den Gasthof, wo sie laut machten. Wir kegelten, und ich kam in Streit mit Gerolds Friedrich, der mich, weil seine Kameraden ihm halfen, zur Gartentür hinauswarf. Ich kam ins Stolpern und flog auf einen vorübergehenden Herrn, der mich aufhielt mit den Worten: ›Gefangen! Sie sind mein!‹ Ich fühlte, wie ich rot wurde. Ich bin doch sonst ein ordentlicher Mensch, und öffentlichen Streit habe ich nie gehabt, und nun muß gerade der Wilkenauer Pastor vorüberkommen und diesen Eindruck von mir bekommen.«

»Der neue Pastor aus unserem Kirchdorf?«

Wilhelm nickte und fuhr fort: »Es war mir gar nicht recht, daß er mich so sah. Ich stotterte eine Entschuldigung und wollte schnell an ihm vorübergehen, dem Bahnhof zu. Er fragte aber mit großer Freundlichkeit, ob ich in die Stadt fahren wolle, und als ich es bejahte, meinte er, er wolle auch hinein, da könnten wir zusammengehen. Er mochte mir wohl ansehen, daß ich lieber meines Weges allein gegangen wäre, denn er sagte lachend: ›Ich habe Sie gefangen und laß Sie nicht wieder los.‹ Dann fragte er, woher ich sei, und als ich gesagt: aus Tannengrün, meinte er, da sei ich ja eins seiner Gemeindeglieder, es freue ihn, mich kennen zu lernen. Er habe seine Gemeinde lieb und möchte ihr gern viel Gutes tun. O Berta, wenn du ihn gehört hättest, du müßtest ihn auch lieb haben. Er sprach mit mir, als ob er mich schon lange kennte, so daß ich bald die Scheu vor ihm verlor und ihm sagte, ich sei eigentlich ein sehr ordentlicher Mensch, und hätte mir überhaupt vorgenommen, brav zu werden. ›Anders als mein Vater und Großvater‹, wollte ich hinzusetzen, aber ich sagte lieber nichts, man muß sich ja schämen, von denen zu sprechen. Als ich das vom Bravwerden sagte, sah er mich so eigen an und sagte: ›Junger Freund, wenn Sie das wollen, müssen Sie Gott täglich um Hilfe bitten; aus eigener Kraft bringen Sie das nicht fertig. Gott aber ist's, der das Wollen und Vollbringen schafft durch Jesum Christum. Und dann, mein Freund, müssen Sie die Sonntagabende anständiger zubringen. Es macht keinen hübschen Eindruck, wenn man zankende Stimmen im Wirtsgarten hört und sieht, wie sich die jungen Burschen, die eigentlich brav sein wollen, prügeln und sich hinauswerfen.‹

Ich machte ein verdrossenes Gesicht, es war mir ärgerlich, noch einmal daran erinnert zu werden. Wir gingen nun schweigend nebeneinander her. Als wir dann später im Wagen saßen, legte der Pastor plötzlich seinen Arm um mich und sagte mit herzgewinnender Liebe: ›Nichts für ungut, junger Mann. Ich glaube, daß Ihnen die Szene selbst unangenehm gewesen ist. Nun sagen Sie mir, was gedenken Sie heute abend anzufangen?‹

›Ich weiß noch nicht, ob ich zu Hause bleibe oder noch ins Wirtshaus gehe.‹

›Wie wär's, wenn Sie mich begleiteten? Ich will Sie an einen Ort führen, an dem es Ihnen gefallen wird.‹

Ich schwieg.

›Zwingen will ich Sie nicht. Aber wo ich hingehe, da gibt's eine Menge fröhlicher, junger Leute, aber keine Schlägereien. Wollen Sie?‹

Ich sagte, ich hätte nichts dawider, und nun ging er mit mir in einen großen Saal, in dem ein Kreis junger Leute versammelt war. Sie waren fröhlich und guter Dinge, lachten und plauderten, und sangen frische Lieder. Auch Gedichte wurden vorgetragen und Rätsel geraten, und die beiden Pastoren waren immer dazwischen und machten mit. Der aus der Stadt war nämlich auch dabei.«

»Das ist gewiß der Jünglingsverein gewesen«, sagte Berta.

»Ja, so nannte der Pastor die Versammlung, und er sagte, er dächte in Wilkenau auch derartiges zu gründen. Zuletzt, und das, Berta hat mir den größten Eindruck gemacht, sprach unser Pastor über das Wort: ›Wer aus der Wahrheit ist, der höret meine Stimme.‹ O, was er alles sagte, ich werd's in meinem Leben nicht vergessen. Es gäbe viele Menschen, die wollten brav sein, sprach er, aber alle braven Worte und Taten würden zusammenstürzen wie ein Kartenhaus, wenn sie nicht aus dem Glauben an Christum hervorgingen. Wer mit aufrichtigem Herzen den Heiland suche, der finde Ihn. Aber Wahrheit sei die Hauptbedingung. Wahr im Handel, wahr im Wandel, wahr in Gedanken und Worten, lautern Herzens sein, dann hören wir Gottes Stimme, die zu uns spricht durch Sein Wort und Seine Predigt, sagte er. Seitdem liegt mir immer das Wort im Sinn: ›Wer aus der Wahrheit ist, der höret meine Stimme.‹ Ja, Berta, ich will ernstlich nach Wahrheit streben, es soll keine Lüge mehr über meine Lippen kommen. Einer, der mit Lügen umgeht, seien es offenbare oder heimliche, sagt der Pastor, sei wie einer, der vom dicken Nebel umgeben, die Sonne nicht sieht. Aber je lauterer und klarer das Herz sei, desto heller töne Gottes Stimme hinein, die uns sagt, was wir tun und lassen sollen.«

Berta hörte ernst zu. »Es muß ein ganz anderer Mann sein als unser alter Pastor. Der hat uns nie so etwas gesagt.«

»Du wirst ihn schon auch kennenlernen, Berta. Nächsten Sonntag geh' ich wieder in den Jünglingsverein, der Pastor will uns von seinen Reisen erzählen, und gesungen soll wieder werden. Und im Sommer, haben mir die andern erzählt, werden Ausflüge ins Freie gemacht. Das ist doch ein anderes Leben als mit meinen Burschen, die sich Sonntags vollsaufen, sich raufen und schlagen.«

»Ach ja, Wilhelm, werde du nur ein ordentlicher Mensch. Du weißt, wie traurig es mit dem Vater gewesen ist und in welchem Ruf der Großvater steht.«

Sie standen vor dem Haus, in dem Berta diente. Nachdem Wilhelm sich von ihr verabschiedet, eilte sie schnell die Treppe hinauf. Die Herrin stand, ungeduldig wartend, oben. »Berta, du bleibst recht lange.«

Es wollte Berta auf die Lippen kommen: »Ich konnte nicht früher, ich mußte beim Müller warten.« Da auf einmal war es, als hörte sie die Worte: »Wer aus der Wahrheit ist, der höret Gottes Stimme.« Und sie bekannte offen: »Ich habe meinen Bruder getroffen und habe mit ihm geplaudert. Entschuldigen Sie, Frau Lange, ich werde ein andermal schneller kommen.«

»Es ist gut, daß du mir gleich die Wahrheit sagst«, erwiderte die Dame freundlich, »dann bin ich auch nicht böse.«

Am nächsten Sonntag in der Abendstunde wanderte Wilhelm, der heute nicht in Tannengrün gewesen war, wieder dem Bahnhof zu in der Hoffnung, seinen Freund und Gönner zu treffen. Es war jedoch noch früh, etwa eine halbe Stunde vor Ankunft des Zuges. So schlenderte er die Straße, die nach dem Bahnhof führte, in großer Ruhe entlang. Da sah er von weitem ein Paar herkommen, das er lieber gemieden hätte, doch feige war er nicht, er ging ruhig auf sie zu. Sie waren beide im höchsten Staat. Der Bursche, ein langer, hagerer und magerer Geselle mit einem ängstlich langen Hals, ging in havannabraunem Kostüm, Weste, Rock und Hose, alles von demselben Stoff. Dazu trug er einen himmelblau und rotgestreiften Schlips, an den Füßen Lackstiefel. Er glaubte, einen schöneren Ballherrn gäbe es in der

Welt nicht, als ihn. Am Arm hing ihm eine etwas schwerfällige Schöne. Das war die Amanda aus Tannengrün. Sie hatte einen Regenmantel umgehangen, denn das war fein, wenn man zum Ball ging. Der Staat, ein rosa Florkleid und buttergelbe Handschuhe dazu, war dann und wann zu sehen, wenn sie mit oder ohne Absicht den Regenmantel ein wenig zurückschlug. Ein baumwollenes Tuch war um den Kopf geschlungen, der schwarze, künstliche Locken zeigte. Ja, sie waren beide sehr schön, nach ihrer Meinung, und würden auf dem Handwerkerball Aufsehen machen.

»Sieh da, Wilhelm«, sagte Amanda, »gehst du nicht mit zu Ludwigs? Es gibt heute großen Spaß. Erst wird ein Theaterstück aufgeführt und dann getanzt.«

Wilhelm sagte, er habe etwas Besseres vor, und wollte vorübergehen.

»Was fällt dir denn heute ein, du tust ja so eingebildet?« rief Amanda beleidigt.

»Du tätest auch besser, du putztest dich nicht so. Könntest dein Geld besser anwenden«, platzte der Wilhelm heraus.

Nun brauste der Lange auf. Wer die Amanda beleidige, beleidige ihn; er sei ein häßlicher Bengel und solle seines Weges gehen.

Wilhelm wollte heftig werden, doch er bezwang sich. Er habe nur die Wahrheit gesagt, meinte er. Ihm könne es ja gleich sein, was die Amanda mache, er hätte nur gedacht, sie seien aus einem Orte und Nachbarskinder, da könnten sie sich auch ihre Meinung rund heraus sagen. Übrigens wünsche er ihnen viel Vergnügen. Damit zog er die Mütze und ging. Er hörte noch, wie der Lange etwas sagte von unverschämtem Buben usw. Hätte er seines Herzens Gelüsten folgen dürfen, er hätte ihn am liebsten bei seinem langen Hals gefaßt und ihn ein paarmal herumgeschwenkt. Aber er wollte nicht wieder, wenn gerade der Pastor in Sicht stand, bei Raufereien angetroffen werden. Er wollte ja ein ordentlicher und braver Mensch werden. So ermahnte er sich selbst zur Ruhe, allein es war ihm noch etwas aufbehalten, das seine Seele aus dem Gleichgewicht bringen sollte.

Vor dem Bahnhofgebäude gingen zwei Männer in eifrigem Gespräch auf und ab. Der eine von ihnen mußte reich sein, sein Anzug zeugte davon, noch mehr die dicke, schwere Goldkette, die ihm über den Bauch hing. Sein breites, rotes Gesicht hatte einen unangenehmen Ausdruck und zeugte von vielem Trinken. Sein Begleiter war der Jude Hirsch, der manches einträgliche Geldgeschäft mit den reichen Bauern der Umgegend machte. Auch heute schien derartiges im Werk zu sein. Leberecht Witt, denn dieser war der vorher Beschriebene, redete halblaut mit ihm von einer Hypothek, die er verkaufen wolle, es sei ihm nichts daran gelegen, da er keine Zinsen bekomme, der Jude werde das Geld schon einzutreiben wissen, er wolle nichts damit zu tun haben usw. Er kenne ja das Haus in Tannengrün, am Walde gelegen. Der Jude lächelte pfiffig. »Es ist das Haus, worin die Tochter wohnt von Herrn Witt. Ich will schon sehen, daß ich komme zu meinem Gelde. Und wenn ich bekomme kein Geld, nehme ich das Haus, es ist ein hübsches Haus, ein gutes Geschäft läßt sich machen.« Nachdem die beiden die Sache erledigt hatten, setzten sie sich auf eine leerstehende Bank vor dem Bahnhofgebäude, ließen sich Bier geben, um das Geschäft mit einem guten Trunk zu besiegeln.

Wilhelm war inzwischen am Bahnhof angelangt und setzte sich, um die nah bevorstehende Ankunft des Zuges abzuwarten. Plötzlich, als er die beiden Männer in seiner Nähe sprechen hörte, sprang er auf, sein Gesicht überzog sich mit einer dunklen Röte. Es trieb ihn mit aller Gewalt aus der Nähe des Mannes, der alles Unheil über seine Familie gebracht hatte. Als er eben weiterging, hörte er, wie der

Jude dem Dicken zuraunte: »Das ist ja der Lickefellen ihr Wilhelm. Ein hübscher Bursche.« – »Ich mag von der Bettelbande nichts wissen, die geht mich nichts mehr an, laß den Tagedieb laufen, wohin er will, wenn er nur nicht zu mir kommt.« Nun war's um Wilhelms Fassung geschehen.

»Großvater, oder vielmehr Herr Witt, denn ich will die Ehre, Ihr Enkelkind zu sein, nicht beanspruchen«, sagte er, trat dicht an ihn heran und sah ihn festen Auges an, »Sie haben uns alles genommen, was unser ist, gebettelt haben wir bis jetzt nie. Und wenn wir so arm werden sollten, daß wir um das tägliche Brot bitten müßten, so werden Sie der letzte sein, an den wir uns wenden. Aber wie Sie es vor Gott verantworten wollen, weiß ich nicht –«

Es klopfte ihm jemand auf die Schulter. Hastig wandte er sich um und blickte in das Gesicht des Pastors. Die Männer, die letzteren wohl kannten als den Pastor von Wilkenau, rückten verlegen auf ihrer Bank hin und her. Es schien, als wollten sie nach ihren Mützen greifen und grüßen. Doch ehe sie sich's versahen, war der Pastor mit Wilhelm verschwunden.

»Schon wieder in Aufregung, junger Freund?« fragte ersterer, als sie sich auf dem Wege zur Stadt befanden.

Wilhelm, der diesmal im Recht zu sein glaubte, hielt es für seine Pflicht, dem Pastor zu offenbaren, in welchem Verhältnis er zu jenem Manne stand. Er teilte ihm mit, wie der reiche Bauer an ihnen und an seiner eigenen Frau gehandelt habe und wie sie ihn seitdem gemieden. Heute aber habe er eine Äußerung anhören müssen, die er nicht hätte dulden können.

Der Pastor seufzte innerlich. So sah es in seiner Gemeinde aus. Solche Zerwürfnisse in den Familien! Und er war für jede Seele verantwortlich.

»Junger Freund«, sagte er, nachdem sie schweigend

nebeneinander hergegangen waren, »die Alten werde ich schwerlich ändern können, das vermag nur der Geist Gottes. Aber die Jungen beeinflussen, das soll meine Arbeit sein. Wilhelm, helfen Sie mir, die jungen Leute zu gewinnen. Ich bin heute zuletzt im städtischen Jünglingsverein. Nächsten Sonntag erwarte ich Sie bei mir, und soviel Freunde, wie Sie überzeugen können.«

Wilhelm machte ein bedenkliches Gesicht. »Da wird wohl niemand kommen, Herr Pastor. Ich hätte es von mir selber auch nicht gedacht, wenn nicht –«

»Wenn Sie mir nicht gerade unfreiwillig zugefallen wären«, fiel der Pastor lächelnd ein. »Versuchen wir es. Ich erwarte Sie nächsten Sonntag um sechs Uhr in meinem Hause. Jeder ist mir willkommen.«

»Ich will tun, was ich kann, und wenn niemand will, komm ich allein. Herr Pastor, noch eine Bitte. Wenn Sie doch einmal in Wilkenau predigen könnten über dasselbe Wort, über welches Sie im Jünglingsverein sprachen. Wenn Sie alles gerade so sagen wie dort, dann muß es Eindruck machen. Bei uns im Dorf nehmen sie's mit der Wahrheit gar nicht genau. Ich auch nicht. Aber ich will es von nun an genauer nehmen.«

Der Pastor sah erfreut zu dem Jüngling auf. »Diesen Wunsch will ich Ihnen gern erfüllen«, sagte er bewegt. Und damit verschwanden die beiden in dem Hause, in dem der Jünglingsverein sein Lokal hatte.

5 Segen aus Gottes Wort

Nun war es warm im Hochland geworden und neben den dunklen Tannen schimmerte das lichte Grün der Birken. Auch die Linden und Eichen schickten sich an, das Frühlingsgewand anzulegen. Der Dorfteich glänzte im Sonnenschein und die alten, ehrwürdigen Pappeln bewegten leise die jungen Blätter im Winde, als wollten sie erzählen von vergangenen Tagen. Im »Schlößchen«, so nannte der Volksmund das alte Herrenhaus, waren alle Fenster weit geöffnet, und eine jugendliche Stimme schmetterte so laut sie konnte: »Der Mai ist gekommen, die Bäume schlagen aus.« Sollte das Mine sein?

Ja, es war Mine. Ihre Herrschaft war nicht zu Hause, die saß oben auf der mit Tannen umkränzten Felsplatte und schaute ins Land hinab, das so wonnig zu ihren Füßen lag. Und Mine, die Köchin, saß in ihrem Reich auf der Küchenbank, die Beine übereinander geschlagen, eine große Flickarbeit in den Händen. Dabei wurde gesungen, als ob die Kehle zerspringen sollte. Natürlich hörte sie nicht, daß schon etliche Male geklingelt war an der Haustür, sie sang flott weiter.

Sie war mit ihrer Lage jetzt ganz ausgesöhnt. Die Mutter hatte geschrieben und zu allem Guten ermahnt. Sie hatte gemeint, ein Mädchen, das weit herumgekommen wäre in der Welt, stände dann um so mehr im Ansehen im Dorfe, darum sollte sie ihre Zeit ruhig aushalten, verheiraten könne sie sich später in der Heimat. Mine hatte gefunden, daß es hier auch Leute gab, mit denen es sich plaudern lasse, und wenn es auch mit dem Dialekt mitunter Schwierigkeiten gab hüben und drüben, so verstanden sie sich schließlich doch und dies war ja auch die Hauptsache. Und Fräulein Angelika war so gut, es wäre unrecht gewesen, sie zu verlassen. Der Herr Hauptmann war zwar ein wenig barsch, aber dafür war er ja auch Hauptmann, und ein bißchen Zucht war der Mine noch ganz heilsam. Sie sah niedlich aus mit ihren dicken, blonden Zöpfen und den blauen Vergißmeinnichtaugen. Die dicken, roten Backen dazu und die drallen, festen Arme machten sie zu einem hübschen Mädchen, das wohl gefallen konnte.

Jetzt war die Flickerei fertig und das Lied zu Ende. Sie suchte nach andern schadhaften Stellen im Rock, da flogen kleine Steine zum offenen Küchenfenster herein. Erschrocken fuhr sie auf und eilte ans Fenster. Reese Lickefell und Anna Wilde standen draußen. »Wir haben lange an der Haustür gestanden und geklopft, es hörte aber niemand. Wir wollten gern zum Fräulein.«

»Ich will euch aufschließen«, sagte Mine würdevoll, denn sie galt etwas im Dorf als Hauptmanns Köchin. Sie ließ die jungen Mädchen ein mit den Worten: »Das Fräulein ist noch nicht hier, wird aber gleich kommen. Ihr könnt euch so lange zu mir in die Küche setzen. Was habt ihr denn da eingebunden?«

»Es sind Erdbeeren fürs Fräulein«, sagte Anna schüchtern und beide folgten Mine in die Küche.

Sie schauten sich neugierig um, es war schon lange ihr Wunsch gewesen, in das Innere des Hauses einzudringen. Laut gaben sie ihre Verwunderung über alles, was sie sahen, zu erkennen.

»Mine, Sie haben eine schöne Küche. Die feinen Töpfe! Mine, aus der geblümten Tasse trinkt wohl der Herr Hauptmann selber?«

»Das ist meine Mundtasse«, versetzte Mine würdevoll.

»Ihre Stuben sind wohl schön, Mine, können wir sie nicht einmal sehen«, begann die etwas dreistere Reese.

»Denkt ihr, ich werde euch darin herumschnuppern lassen, wenn die Herrschaft nicht zu Hause ist? Wartet nur, bis das Fräulein kommt, sie wird euch schon mit hineinnehmen. Da ist sie schon.«

Angelika, welche erfrischt und gestärkt vom Spaziergang heimkehrte, begrüßte die Kinder freundlich, freute sich über die Erdbeeren und lud die jungen Mädchen ein, sie Sonntagnachmittag zu besuchen. »Wer kommen mag, ist mir willkommen. Sagt es euren Freundinnen und bringt eure Handarbeiten mit, hört ihr?«

Die Gesichter der jungen Mädchen strahlten. So etwas Schönes konnten sie sich gar nicht ausdenken. Sie sollten zum Fräulein in die Stube kommen und bei ihr sitzen. Mit hochroten Gesichtern liefen sie ins Dorf, und abends wußten es alle jungen Mädchen des Dorfes, daß sie Sonntags Erlaubnis hatten, ins Schlößchen zu kommen, und wenn es ihnen gefiele, dürften sie jeden Sonntag wiederkommen.

Einige Wochen waren vergangen, es war an einem Sonnabend nachmittag, da sah Reese Anna vor der Haustür sitzen und stricken. Sie kam eilig hinüber und sagte: »O Anna, ich hab' eine rechte Bitte.«

»Was willst denn?«

»Du hast wohl nicht viel zu tun, willst mir ein wenig helfen den Laden rein machen?«

»Den Laden macht ihr doch immer Sonntags während der Kirche rein.«

»Ich mach's nicht mehr«, sagte Reese entschieden. »Weißt nicht, wie schön es allemal Sonntag nachmittags beim Fräulein ist und wie sie immer sagt: ›Der Sonntag gehört dem lieben Gott, und wer Werkeltagsarbeit tut, der stiehlt Ihm Seinen Tag.‹ Ich möchte so gerne, daß es von früh an hübsch bei uns wäre und daß die Großmutter nicht immer allein in die Kirche brauchte. Nun ist die Mutter mit dem Karl zur

Stadt, um Einkäufe zu machen, und ich wollte alles allein in Ordnung bringen. Aber ich kann die Heringsfässer und die Seifenkisten und was alles ist, nicht allein zurückrücken, komm, hilf mir.«

»Ist denn deine Großmutter nicht da?«

»Sie ist mit Lina in den Wald gegangen, um Holz zu lesen. Kommst du?«

Anna war dienstbereit. Bald sah man die jungen Mädchen arbeiten, daß es eine Lust war. Das unterste wurde zu oberst gekehrt, die leeren Kasten ausgescheuert, die Wagschale geputzt und an die Sonne gestellt. Der Ladentisch wurde gescheuert und endlich der Fußboden.

»So«, sagte Reese, »wenn du nun nicht zu müde bist, geht's über die Stube. O, was wird die Mutter für eine Freude haben und die Großmutter, wenn sie heimkehren.«

Anna, die zu Hause nicht so viel zu tun hatte, weil der Vater bei allem half, war bereit, auch die Stube blank zu machen, und als sie endlich nach getaner Arbeit mit hochroten Wangen über und über schwitzend auf der Schwelle standen und das Werk ihrer Hände betrachteten, da schlug Reese in die Hände und rief: »Anna, nun fehlt noch ein Blumenstrauß, denn sieht's ganz wie Sonntag aus. Fräulein Angelika sagt: ›Blumen gehören in eine Sonntagsstube.‹«

»Und ein reines Herz, weißt, das sagte sie auch«, fügte Anna nachdenklich hinzu.

Bald prangte ein großer Strauß von Bauerrosen, Rittersporn und Spargelkraut auf dem Tisch und Reese sagte eben zu Anna: »So schön hat's halt noch gar nit bei uns ausgesehen«, da keuchte etwas schwer heran. Es war die Mutter, die einen großen Tragkorb auf dem Rücken trug. Karl kam hinterher und zog einen kleinen, hochbepackten Handwagen.

»Gott sei Dank, daß wir da sind«, sagte die Mutter. »Doch

was ist hier vorgegangen, Kinder, was habt ihr gemacht?«

Anna sprang ungesehen davon, aber Reese sah die Mutter bittend an und sagte: »Gelt Mutter, ich hab' die Sonntagsarbeit heute gemacht, daß du auch einmal einen stillen Sonntag hättest und, wenn's sein könnte, einmal hinüber nach Wilkenau in die Kirche könntest.«

»Dummes Zeug«, fuhr die Mutter auf. »Ich muß morgen um fünf Uhr wieder in die Stadt und Bäckerwaren holen; wenn ich wiederkomme, bin ich müde. Überdies hab' ich kein Kirchenkleid, du weißt doch, daß ich mein schwarzes habe verkaufen müssen, als die Not so groß war im vorigen Jahr. Schlag dir nur solche Gedanken aus dem Sinn, Reese, es geht auch so.«

Reese schlich betrübt hinaus. Das war nun der Lohn ihrer angestrengten Arbeit. Und sie hatte es sich so schön gedacht, einmal den Sonntag zu feiern, wie Fräulein Angelika es ihnen als Pflicht vorgestellt. Sie setzte sich unter einen Apfelbaum, nahm die Schürze vors Gesicht und weinte bitterlich. Zufällig war das Schlafstubenfenster Angelikas gerade diesem Apfelbaum gegenüber und dieselbe stand eben an dem offenen Fenster und sah das betrübte Mägdlein.

»Reese«, rief sie, »was gibt's denn? Gottes Sonne scheint so freundlich, da darf es keine betrübten Menschenkinder geben.« Reese wollte davongehen, da lud Angelika sie freundlich ein, zu ihr hinaufzukommen, vielleicht könne sie ihr helfen.

Das Mägdlein stand oben und berichtete, was ihr das Herz bedrückte. Dabei schluchzte sie immer von neuem. Die Arbeit, die Aufregung, was wohl die Mutter sagen würde, der abschlägige Bescheid – alles hatte sie so angespannt, daß sie immerfort weinen mußte.

Angelika streichelte dem Kind freundlich die Wangen und

wußte sie gar bald zu trösten damit, daß sie versprach, selbst zu kommen und ein Kirchenkleid für die Mutter mitzubringen.

Frau Lickefell war über ihren Korb gebeugt und packte aus. Wo blieb nun die Reese, die ihr helfen sollte? Endlich kam sie. Sie trat still zur Mutter und half ihr, sagte aber von ihrem Gang zum Fräulein nichts. Das würde die schon allein alles machen, meinte sie, und war innerlich ganz getröstet. Als es dunkelte, lief sie immer wieder an die Haustür, zu sehen, ob das Fräulein komme und ob sie wohl ein Paket im Arm habe.

Der Mutter war es schon halb und halb leid, daß sie Reese, die im Schweiß ihres Angesichtes gearbeitet hatte, so kurz abgefertigt. Als sie um den Tisch saßen und ihre Kartoffeln zum Abendbrot verzehrten, meinte sie: »Ja, Reese, wenn ich nur ein Kirchenkleid hätte, ich wollte ja gern einmal mit in die Kirche gehen.«

»Lene, zieh an, was du hast«, sagte die Großmutter, »es wird dich nicht gereuen.«

»An was denkst denn, Reese, du siehst ja aus, als hättest einen Schatz gefunden.«

Reeses leuchtende Augen waren nach der Tür gerichtet, die sich eben leise geöffnet hatte. Angelika stand da, mit einem großen Bündel unter dem Arm.

»Frau Lickefell«, sagte sie heiter, »wir beide müssen uns einmal messen, ich glaube, wir haben eine Größe. Möchten Sie dies Kleid von mir tragen? Es ist noch gut und die Farbe für Sie passend.« Damit wickelte sie das Paket auf und brachte ein schönes dunkelbraunes Kleid zum Vorschein.

Frau Lickefell wischte sich die Hände an der Schürze und faßte den Stoff an. »O Fräulein, das schöne Kleid, das ist ja so glatt und fein und das Gemächte so schön. Nee, nee, das kann ich ja gar nit annehmen. Wie soll ich das wieder gleichmachen!« Die Großmutter kam auch aus der Ecke und besichtigte das Geschenk: »Siehst du, Lene, nun hast du was anzuziehen, nun kannst du morgen in die Kirche gehen.«

»Dazu sollen Sie es auch haben«, sagte Angelika herzlich. »Hier ist noch ein Tuch von meiner verstorbenen Mutter, das können Sie dabei umbinden.«

Frau Lickefell war ganz überwunden. »Nee, nee, was werden die Leute sagen, sie werden denken, die Frau Hauptmännin selber kommt.«

Angelika konnte kaum die Dankesbezeugungen abwehren. Ihr war es Lohn genug, daß die Frau das Gotteshaus aufsuchen wollte. Sie schied von den Leuten mit der Bemerkung, daß sie ihretwegen keine frische Semmel aus der Stadt zu holen brauchten.

Am andern Morgen pilgerten einige Kirchgänger mehr den Berg hinauf. Frau Lickefell war stattlich anzusehen in ihrem schmucken Anzug, Reese ging glückselig daneben. Großmütterchen folgte mit Karl und Lina. Nun kamen Wildes. »Die Anna ließ mir ja keine Ruhe«, meinte sie zur Lickefellen, als sie sie eingeholt hatte. »Heute hätte ich nit dran gedacht.« Der Mann ging jetzt häufiger, den Pastor hörte er gern.

»Ich hab' die Amanda gestern in der Stadt gesehen«, erzählte Frau Lickefell der Wilden. »Sie wird recht flott jetzt, sie wollte schon wieder zu einem Ball.«

Frau Wilde seufzte. »Ich kann's auch nicht ändern«, sagte sie. »Der Vater muß ihr heute, wenn sie kommt, einmal ins Gewissen reden. Man muß denken, sie ist noch jung und will das Leben genießen. Es wird so anders hernach.«

So gingen die Leute miteinander, während die hellen Kirchenglocken alle zu Hause Gebliebenen freundlich lockten, auch zu kommen.

Auf dem Heimweg lag ein feierlicher Ernst auf allen

Gesichtern. Es mußte wohl die Predigt recht eindringlich gewesen sein. Die Frauen, die zu Hause manches zu besorgen hatten, schritten rüstiger vor. Wilde ging mit langsamen, gemessenen Schritten, nachdenklich vor sich hinsehend, zuweilen blieb er stehen und nickte zustimmend mit dem Kopf. Der Hauptmann und Angelika, die hinter ihm herkamen, hatten ihn nun erreicht. »Nun, Meister Wilde, das war eine schöne Predigt, meinen Sie nicht?«

»Herr Hauptmann«, sagte er, »die Predigt war durchgearbeitet.« Dabei machte er mit den Händen eine knetende Bewegung, als wollte er sagen: »Je mehr man den Brotteig durchknetet, desto besser ist er und das Brot schmeckt und bekommt. So ist's mit der Predigt, je mehr sie durchgedacht und durchgearbeitet ist, desto besser wird sie und wirkt sie.« Noch ein paarmal machte er das Manöver mit den Händen und wiederholte dabei: »Ja, durchgearbeitet hat der Herr Pastor die Predigt, davon ist sie so schön geworden.«

Am Nachmittag desselben Tages wanderte Wilhelm durchs Dorf. Er wandte seine Schritte nicht wie sonst zur Mutter, sondern trat in eine kleine niedere Hütte, am Anfang des Dorfes. Sauberkeit und Ordnung herrschte im kleinen Stübchen. Am blankgescheuerten Tisch saß eine blasse Frau, dürftig aber reinlich gekleidet.

»Guten Tag, Frau Wilken«, sagte Wilhelm, »ich wollte fragen, ob Franz heute wieder mit zum Jünglingsverein geht.«

»Ja, das tut er. Es hat ihm das vorige Mal zu gut gefallen.«

»Sechs Burschen hab ich zusammen, aber was ist das gegen dreißig, die nicht kommen und die in heller Feindschaft gegen uns entbrennen?«

»Laß sie, Wilhelm, es ist ihr Schade.«

Es klopfte. Auf Frau Wilkens »Herein« öffnete Mine die Tür. Sie war sonntäglich gekleidet, und es stand ihr das hübsche Lüsterkleid mit der weißen Latzschürze trefflich. Als sie den Jüngling sah, errötete sie, richtete aber ihren Auftrag bescheiden aus. Frau Wilken möchte morgen zum Waschen ins Schlößchen kommen, und der Heinrich könnte mittags auch dort essen. Frau Wilkens Aufforderung, sich zu setzen, schlug sie ab und ging. Wilhelm, der Mine noch nicht kannte, fragte neugierig, wer das sei, und als er es erfahren, verabredete er mit Frau Wilken, daß ihr ältester Sohn Franz ihn von der Mutter abholen solle, und ging auch. Er wählte nicht die Dorfstraße, sondern ging hinten herum durch die Wiesen und dann an den Tannen entlang die Anhöhe hinauf, auf der das Haus der Mutter lag.

An Wildes Hintertür sah er zwei Mädchen eifrig miteinander plaudern. Es waren Mine und Amanda. Er runzelte die Stirn, als sei es ihm nicht recht, daß das Mädchen aus dem Schlößchen mit Amanda, der eitlen Närrin, Freundschaft unterhalte. Doch was ging es ihn an. Es konnte ihm ja gleich sein. Jetzt gingen sie auseinander. Mine machte auch einen Umweg durch die Wiese und ging schnellen Schrittes immer vor ihm her. Jetzt blieb sie stehen und bückte sich, dann versuchte sie in den Graben zu steigen, um etwas zu holen, es schien ihr aber nicht zu gelingen. Nun stand sie am Graben und sah hinunter wie jemand, der einen Schatz vor Augen sieht, ihn aber nicht zu heben vermag.

»Jungfer, haben Sie etwas verloren?« sagte er, an sie herantretend und höflich seine Mütze ziehend.

»Nein«, sagte sie errötend, »aber da unten stehen so schöne Vergißmeinnicht, die kann ich nicht erlangen. Wenn ich nicht die Sonntagsstrümpfe anhätte, würde ich mir nichts daraus machen, aber so kann's lieber bleiben.«

Mit einem schnellen Satz war er in den Graben gesprungen und pflückte alle Vergißmeinnicht, die er fassen konnte.

»Ach, lassen Sie es doch nur«, sagte Mine verlegen. »Ich hab es ja gar nicht von Ihnen verlangt. Es ist ja gar nicht nötig, daß ich sie habe.«

Er hatte sie aber gepflückt und reichte sie ihr. »Danke«, sagte sie, wieder rot werdend. Sie streckte die Hand, mit der sie die Blumen genommen hatte, unter die Schürze, und da sie einen Weg hatten, gingen sie miteinander.

»Ich möchte Ihnen gern etwas sagen, wenn Sie mir's nicht übel nehmen«, sagte Wilhelm. »Ich sah Sie eben mit einem Mädchen sprechen, das in keinem guten Ruf steht.«

»Die Amanda Wilde?« sagte Mine.

»Ja, die meine ich. Nehmen Sie sich vor der in acht, und lassen Sie sich nicht verführen.«

»Sie ist die einzige in der Nachbarschaft, die zu mir paßt«, entgegnete Mine.

»Befreunden Sie sich lieber mit meiner Schwester Berta. Das ist ein braves Mädchen. Sie dient zwar in der Stadt, kommt aber oft Sonntags heraus zur Mutter.«

Jetzt ging Mine ein Licht auf. »Ach, Sie sind wohl der Likkefellen ihr Wilhelm?« Er nickte. »Von Ihnen habe ich schon oft gehört«, meinte Mine und ging plaudernd neben ihm, bis sie rechts in den Hof einbog, der zu ihrem Hause führte.

Wilhelm trat in das Haus seiner Mutter. Eine wohltuende Ruhe umgab ihn. Er öffnete die Stubentür, da empfingen ihn fröhliche Gesichter und glückliche Menschen. »Was ist denn mit euch vorgegangen«, sprach er, »es sieht alles so sauber und festlich aus, und ihr selber macht Miene, als wäre euch etwas sehr Schönes widerfahren.«

»Wir waren in der Kirche«, sagte die Mutter. »Wilhelm, es war mir gerade, als ob ich im Himmelreich selber wäre. Und die Reese ist an allem schuld.«

»Nein, Fräulein Angelika«, wehrte Reese ab. »Wenn die uns nicht jedesmal gesagt hätte, wie der Sonntag sein müßte, dann hätt' ich nicht daran gedacht, die Mutter zu bitten.«

»Ist Fräulein Angelika die Dame, bei der die Mine dient?« fragte Wilhelm.

»Freilich, das hab' ich dir doch schon oft gesagt. Kennst du denn die Mine schon?«

»Hab' sie heute gesehen.«

»Wilhelm, wenn ich mir einmal eine Schwiegertochter wünschen täte, da dürfte es niemand anders als die Mine sein. So hübsch und so gewitzt, so wirtschaftlich und so appetitlich. Und so gelehrt in der Orthographie und Geographie. Und so weit gereist. Sie hat Städte gesehen, mehr als du. Ja, Wilhelm, das ist eine!«

Wilhelm lächelte und schwieg. Nach einer Weile sagte er: »Mutter, worüber hat denn der Pastor gepredigt?«

»Er hat ein sehr schönes Wort gehabt. Reese, wie fing es doch an?«

»Wer aus der Wahrheit ist, der höret Meine Stimme.«

»Das ist ja mein Wort«, rief Wilhelm erfreut. »Was hat er darüber gesagt?«

»Er hat uns sehr gestraft wegen aller Unwahrheit, die aus unserem Munde geht. Er hat uns gesagt, wir sollten uns vom Heiligen Geist hineinleuchten lassen in unsere Herzen, dann würden wir erschrecken, wie viel Unwahrheiten in uns steckten. Erst wenn wir wahr sind, sagt er, hören wir Gottes Stimme; je lauterer und wahrer die Herzen, desto schärfer hören wir des Heilandes Stimme, desto lebendiger stehen uns Seine Gebote und Befehle vor Augen. Das hat der Herr Pastor gesagt und noch viel mehr. Wenn ich mir nur alles merken könnte. Aber die Großmutter kann's, sie sagt, sie will uns die Predigt heute abend noch einmal erzählen. Und das Arbeiten und Hasten am lieben Sonntag hat von nun an ein Ende, die Lickefellen geht in die Kirche. Vielleicht hilft der barmherzige Gott, daß ich auch noch zu Gnaden angenommen werde.«

Die Großmutter saß in ihrem Lehnstuhl und faltete die Hände. Über ihr kummervolles Gesicht flog ein Freudenschein, sie bewegte leise die Lippen, wie zum Gebet. –

Nicht so glücklich war die Familie Wilde. Die heutige Predigt hatte wohl auch Eindruck gemacht, doch nicht alle waren so willig, das Wort aufzunehmen in einem feinen, guten Herzen.

Amanda saß am Tisch mit einem mauligen Gesicht. Der Vater hatte ihr Vorstellungen gemacht und das paßte ihr gar nicht.

»Ich bin nachgerade zu alt, um mich noch ausschelten zu lassen«, brach sie los. »Wenn das zu Hause so ist, komme ich gar nicht wieder. Ich wollte euch überhaupt sagen, daß ich mich verlobt habe und zur Kirmes zu heiraten gedenke.«

»Du, Amanda, und mit wem?«

»Mit Gerolds Fritzen, wenn ihr nichts dagegen habt.«

»Mit dem leichtsinnigen Burschen«, brauste der Vater auf. »Nein, das heißt in dein Verderben rennen, daraus wird nichts.«

Amanda fing nun an zu heulen. Die Mutter sah unglücklich aus, denn sie war eine weiche Mutter, die ihren Kindern alles zulieb tat, nur nicht das, was ihnen heilsam war. Der Vater versuchte, Amanda auf Gottes Wort hinzuweisen, aber dagegen hatte sie ihre Ohren und ihr Herz längst verschlossen. Die Welt mit ihrer Lust bestrickte sie, darum konnte sie Gottes Stimme nicht hören.

Anna hatte unbemerkt das Haus verlassen. Es lag ihr lange etwas auf dem Herzen, heute mußte es herunter. Sauer wurde ihr der Gang, aber sie tat ihn dennoch. Wie pochte ihr das Herz, als sie an Fräulein Angelikas Tür klopfte, und noch mehr, als dieselbe vor ihr stand und nach ihrem Begehr fragte.

»Fräulein«, sagte sie schüchtern, »ich wollte es Ihnen schon immer sagen, es läßt mir keine Ruhe. Es ist damals unser Hund gewesen, der Ihr Fleisch gefressen hat. Ich hätte es Ihnen am liebsten gleich gesagt, aber – – die Mutter wollte es nicht.«

Angelika strich dem Mägdlein, das leise weinte, über den blonden Scheitel. »Es freut mich, daß du mir die Wahrheit sagst. Ich wußte, daß es euer Hund gewesen war, darum betrübte es mich, daß du durch Kopfschütteln dich einer Unwahrheit schuldig machtest. Aber, Anna, den Aufrichtigen läßt es Gott gelingen. Schreibe dir den Spruch ins Herz: ›Weise mir, Herr, Deinen Weg, daß ich wandle in Deiner Wahrheit.‹ Gott behüte dich, mein liebes Kind.«

Anna ging. Eine Last, die sie gedrückt, war ihr vom Herzen genommen. Und so gab es manche Seele, die das Wort, das sie in der Kirche gehört hatte, im Herzen bewegte, bei der es Frucht trug zu seiner Zeit.

6 Mißverständnisse

»Mine, du hast deine Gedanken heute nicht bei der Arbeit«, sagte Angelika vorwurfsvoll, nachdem Mine zweimal etwas verkehrt gemacht und einen Auftrag, den das Fräulein ihr gegeben, ganz vergessen hatte.

»Ach ja, Fräulein, ich hab' etwas auf dem Herzen. Am Sonntag ist hier ein kleines Tanzvergnügen. Die Amanda hat mich eingeladen, mitzukommen.«

»Mine, du weißt, wie ich darüber denke. An und für sich halt' ich das Tanzen für keine Sünde, aber ihr seid auf dem Tanzboden vielen Versuchungen preisgegeben. Und hier soll's wüst hergehen –«

»Aber einen kleinen Spaß will doch der Mensch auch haben«, sagte Mine schmollend.

»Was würde deine Mutter sagen, Mine?«

»Die?« sagte Mine gedehnt und drehte verlegen an ihrem Schürzenband. »Die sagte, ich sollte nur das Tanzen lassen, ich tanzte mir nur die Schuhe entzwei und das Herz würde auch nicht besser. Aber Amanda quält mich alle Sonntage, mitzugehen, und –«

»Überlege dir die Sache in Ruhe, Mine. Deine Mutter ist eine brave Frau und hat dich mir anvertraut. Ich mag dir nichts erlauben, was nicht ihre Billigung hat.«

Gegen Abend war Mine bei der Lickefell gewesen und hatte Einkäufe gemacht. Sie blieb ziemlich lange, so daß Angelika schon ungehalten werden wollte. Doch jetzt hörte sie sie in der Küche. Sie setzte ihren Korb ab und kam dann, um Angelika das übrige Geld wiederzubringen. Sie sah erregt aus und rechnete immer verkehrt. Zweimal schon hatte sie Fragen, die Angelika an sie stellte, überhört, bis diese ärgerlich ausrief: »Mine, wo hast du denn heute deine

Gedanken?«

»Ach Fräulein«, sagte diese und fing wieder an, am Schürzenband zu drehen, »es ist wegen Sonntag. Es ist ganz etwas anderes dreingekommen.«

»Also das Tanzvergnügen ist aufgegeben?«

Sie nickte und fuhr fort: »Würden Fräulein mir wohl erlauben, am Sonntagnachmittag einmal in die Stadt zu fahren?«

»Sehr gern«, sagte Angelika, erfreut, daß sich die Ballangelegenheit so bald erledigt hatte.

»Aber nicht allein«, fuhr Mine verlegen fort. »Es will einer mit.«

»Wer denn?« fragte Angelika neugierig.

Mine wurde bis über die Ohren rot und drehte mit dem ganzen Körper hin und her. Das tat sie, wenn die Verlegenheit den höchsten Grad erreicht hatte.

»Nun«, fragte Angelika weiter. »Wer will dich denn begleiten?«

»O«, sagte Mine, »ich habe eben eine rechte Neuigkeit drüben erfahren. Es will mich einer heiraten.«

Nun war Angelika die Staunende.

»Der Lickefellen ihr Wilhelm ist ganz weg mit mir. Er will mich gern ein bißchen näher kennenlernen, und die Lickefellen meint, wenn wir einmal eine kleine Reise zusammen machten, da könnten wir uns am besten anfreunden.«

»Mine, das ist eine sehr ernste Sache, die nach allen Seiten hin erwogen werden muß. Bist du ihm denn gut?«

»Ich will ihn mir einmal darauf ansehen, ich hab' ihn ja erst ein paarmal flüchtig gesehen. Aber bitte, Fräulein, sagen Sie dem Herrn Hauptmann nichts davon, es ist mir ein bißchen genierlich.«

Der Hauptmann trat eben ins Zimmer und das Gespräch hatte ein Ende.

War's ein Wunder, daß Mines Gedanken sehr hin und her flatterten in den folgenden Tagen? Sie vergaß viel, ließ den Braten anbrennen und versalzte die Suppe dermaßen, daß der Hauptmann auffuhr: »Was ist eigentlich mit dem Mädchen los? Es ist doch nicht verliebt?«

Am Sonntag war Mine zeitig mit dem Abwaschen fertig. Ei, wie flogen die Teller und Schüsseln in dem Spülfaß herum, es war ein Wunder, daß sie nicht alle als Scherben herauskamen. Der Wilhelm war schon früh zur Mutter gekommen, um mit Mine in die Stadt zu fahren; abends wollte er sie wieder nach Hause bringen.

Ihr Herz klopfte ein bißchen, als sie zum Gehen bereit war, doch gehörte sie nicht zu den empfindsamen Naturen, die sich ganz den Gefühlen hingeben.

Mit einem verlegenen Lächeln trat sie zu Fräulein Angelika: »Ich wollte Lebewohl sagen, nun geht's fort.«

»Ist denn dein Begleiter da?«

»Er wartet am Bahnhof, wir wollen seine Schwester Berta besuchen.«

Mine ging. Angelika sah ihr lächelnd nach. Hätte sie nicht gewußt, daß Wilhelm ein braver Bursche sei, so würde sie Abstand genommen haben, sie gehen zu lassen. So – wollte sie ihrem Glück nicht im Wege sein.

Wilhelm war ebenso verlegen wie Mine, als sie sich trafen. Er drehte unruhig die Mütze hin und her und meinte, der Zug würde gleich kommen, Fahrkarten habe er schon.

Sie setzten sich, als der Zug hielt, nicht nebeneinander sondern einander gegenüber. Er wußte durchaus nichts zu sagen, sie schwieg auch und rückte nur von Zeit zu Zeit unruhig auf der Bank hin und her. Endlich ermannte sie sich und sagte:

»Was haben Sie denn da im Korb? Es ist ja als lebte es drin, das Tuch bewegt sich immer!«

Erleichtert griff er nach dem Korb, lächelte und sagte: »Das ist ein Kaninchen. Die Kinder der Herrschaft, bei welcher Herta dient, sollen es haben.« Er nahm es aus dem Korb und setzte es ihr auf den Schoß.

»Ein hübsches kleines Tier«, sagte sie und streichelte es auch. Als sie sich der Stadt näherten, ergriff er es bei den Ohren und sagte: »Nun will ich es wieder in den Korb setzen.«

Berta wohnte nicht weit vom Bahnhof, die Wohnung war bald erreicht, da Wilhelm große Schritte nahm. Als Mine keuchend neben ihm stand an der Haustür, sagte er: »Ach, Mine, ich bin Ihnen wohl zu schnell gegangen?«

»Ja, ein bißchen reichlich schnell«, antwortete Mine ärgerlich, »wenn Sie so rennen, kann ich nicht mitkommen.«

»Sie können sich bei Berta recht schön ausruhen«, versetzte er tröstend.

Berta, welche gerade freien Nachmittag hatte, empfing die beiden freundlich. Sie war schon von der Mutter eingeweiht, ließ sich aber nichts bei Mine merken. Wilhelm trug sein Kaninchen zu den Kindern und wurde von ihnen mit Beschlag belegt. Er sollte ihnen einen Stall machen, Berta hätte gesagt, das könnte er, er sei ein Zimmermann. Er tat den Kindern gern etwas zu Gefallen, und dachte: »Die beiden werden sich auch ohne mich gut unterhalten, ich habe ja die Mine noch auf dem Rückweg.« Er wollte wieder mit nach Tannengrün, da er ein wichtiges Mitglied des Jünglingsvereins war und der Pastor ihn nicht gern entbehrte. Die Nacht gedachte er bei Mutter zu bleiben.

Berta und Mine gefielen einander. Berta zeigte der neuen Freundin alle ihre Schätze, rühmte, wie sie von der Herrschaft weihnachtlich schöne Wäsche geschenkt bekomme und wie ihr das viel lieber sei als Staat. Sie erzählte dann von Amanda Wilde, die ein leichtes Leben führe und wie es ihr

Verderben gewesen, daß sie nicht habe dienen wollen, sondern in eine Fabrik gehen, weil sie daselbst ungebundener sei und mehr Geld verdiene. »Aber«, fuhr sie fort, »sie gibt dafür auch dreimal so viel aus. Der Wochenlohn wird sonntags verjubelt, und lernen tut sie nichts. Wenn sie heiraten will, weiß sie nicht, wie sie die Stuben rein machen soll, sie kann kein Loch zustopfen, keinen Flicken aufsetzen, stricken und nähen verlernt sie, und kochen kann sie auch nicht.«

Mine erzählte nun, wie sie heute mit ihr habe auf den Ball gehen sollen, wenn nicht dies dazwischen gekommen wäre.

»Gehen Sie nicht mit ihr«, sagte Berta. »Ich dachte früher auch, man könne in seiner Jugend nicht anders vergnügt sein als auf dem Tanzboden. Aber was hat man da? Man hört die großen Späße mit an, redet selber nicht viel Gescheites, tanzt sich müde und ist den ganzen Tag verdrossen zur Arbeit. Mir macht es mehr Vergnügen, wenn ich mit meinen Freundinnen einen Spaziergang mache, oder wenn wir uns im Winter mit der Handarbeit besuchen.«

Dies leuchtete Mine auch ein. Die beiden Mädchen plauderten und lachten und merkten gar nicht, wie die Zeit verging. Erst als sich die Tür öffnete und eine Stimme sagte: »Jungfer Mine, wir müssen nun gehen«, fiel ihr alles, was mit dem Sprecher zusammenhing, wieder ein. Die Kinder kamen hinter Wilhelm her und riefen: »Berta, denke dir, einen Kaninchenstall hat er uns gebaut, ordentlich ein Dach darauf, es ist zu hübsch! Wilhelm, kommen Sie nächsten Sonntag wieder?«

Berta begleitete die beiden an die Bahn. Sie wollten zusammen einsteigen. Als aber Mine im Wagen war und Wilhelm versuchte zu folgen, wiewohl es schon gedrängt voll war, hieß es: »Hier geht niemand mehr hinein, dort ist noch Platz.« Wilhelm stand einen Augenblick, als erwarte er, Mine werde herauskommen und sich mit ihm in ein anderes Abteil setzen. Sie rührte sich aber nicht, der Schaffner schlug die Tür zu und ihm blieb nichts übrig, als sich schnell einen andern Platz zu suchen.

In Tannengrün angekommen, reichte er ihr ritterlich die Hand beim Aussteigen, und als sie das Bahnhofgebäude verlassen hatte, glaubte er, nun sei es Zeit, mit Mine von seiner Absicht zu sprechen. Als diese merkte, wo er hinauswollte, fing sie an, das solle er nur lassen, soweit wären sie noch lange nicht. Und den Ausflug hätte sich sich ganz anders gedacht, er hätte sich ja gar nicht um sie gekümmert. Wäre die Berta nicht gewesen, dann hätte sie wissen mögen, was aus ihr geworden wäre in der wildfremden Stadt.

»Aber, Mine, regen Sie sich doch nicht so auf. Es wird schon alles noch werden.«

»Nee, das wird nicht. Sie konnten doch auch ein bißchen Unterhaltung machen. Mir ist der Mund auf dem Hinwege ganz eingetrocknet, und ganz heiß ist's mir geworden vor lauter Verlegenheit. Nee, mit Ihnen mach' ich keine Vergnügungspartie wieder.«

»Aber, Mine, ich bin sonst anders, ich war auch ein bißchen verlegen. Das gibt sich alles. Seien Sie nur nicht so außer sich.«

»Ja, das bin ich«, sagte Mine, die nun einmal mit der Zunge im Gange war. Er solle, fuhr sie geläufig fort, »sich jemand suchen, der Schweigsamkeit erdulden könne. Sie nicht. Überdies sei der Name ›Lickefell‹ auch nur mäßig, usw. usw.

»Mine, dort stehen recht schöne Vergißmeinnicht, soll ich Ihnen ein paar pflücken?«

»Meinetwegen brauchen Sie sich die Füße nicht naß zu machen, lassen Sie es nur.«

Sie gingen schweigend nebeneinander. Als sie vor der Tür

des Schlößchens standen, sagte Wilhelm: »Na, Mine, dann leben Sie wohl. Gibt's keinen Hoffnungsschimmer für mich?«

»Nein, keinen. Ich habe vorher gar nicht so über alles nachgedacht. Denken Sie, ich soll mich in diesen Kasten mit Ihnen einsperren? Auf allen Seiten von Bergen fast erdrückt, gar keine freie Aussicht und dann dabei die Schweigsamkeit. Nein, das ist zum Ersticken. Und zum Ersticken bin ich noch zu jung.« Damit ging sie ab.

Wilhelm biß sich auf die Lippen und ging auch davon.

Angelika sah Mines Gesicht sofort an, daß nicht alles nach Wunsch ausgefallen war. Sie fragte:

»Nun, Mine, wie hat dir dein Begleiter gefallen?«

»Gar nicht«, sagte sie kurz. »Fragen Sie mich nur nichts weiter. Das ist aus, ich bleibe bei Ihnen und werde meine Gedanken wieder sammeln.« Damit ging sie in ihre Kammer, sich ihres Sonntagsstaates zu entledigen.

Wilhelm kam enttäuscht zu seiner Mutter. Diese, die ganz das Gegenteil erwartet hatte, hörte mit offenem Munde seinen Bericht. Er sei doch sonst nicht auf den Kopf gefallen, sagte er, und könne reden, aber so wie er Mine gesehen, sei ihm die Kehle wie zugeschnürt gewesen. Er hätte so gern mit ihr sprechen wollen, aber er hätte sich auf nichts besinnen können. Und dabei habe sie ihm über alle Maßen gefallen. Aber nun sei es aus. Sie habe ihm rundweg gesagt, sie wolle sich nicht in diesen Kasten einsperren lassen, und zwingen wolle er sie nicht, sie möge seinetwegen laufen.

»Aber hier bleiben tu' ich nicht, Mutter, ich gehe auf die Wanderschaft, habe schon lange Lust gehabt, die Welt zu sehen.«

Die Mutter war einverstanden. Jung bist du noch, Wilhelm, und das Wandern ist jedem Burschen gut. Es ist mir auch nicht angenehm, wenn du hier bleibst wegen der Mine. Wenn ich nur die Kundschaft nicht verliere, es ist die beste im Ort.«

Nach einigen Wochen war der Wilhelm in die Welt gegangen. Mine kam nach wie vor zur Lickefellen und holte ihre Bedürfnisse. Sie war das erste Mal ein bißchen verlegen, und die Lickefellen tat ein wenig apart, aber gesprochen wurde von der Sache nicht zwischen ihnen.

7 Kirmes

Der Sommer war vergangen und schon wehten die Herbststürme über die Höhen und jagten die gelben Blätter von den Bäumen. Die dunklen Tannen schüttelten ernst ihre Häupter und ließen sich hin und her wiegen vom Sturm, aber nehmen ließen sie sich nichts, sie standen wie das Bild der Unvergänglichkeit unter ihren Brüdern, die ihre kahlen Äste von sich streckten und neidisch auf die Immergrünen blickten. Und als noch einige Wochen später der Schnee lustig durch die Luft wirbelte, da war's Winter geworden auf den Höhen und in den Tälern und das Völkchen da oben hatte sich in die Behausung zurückgezogen und die Winterarbeit begonnen.

Auf der Dorfstraße war's für gewöhnlich leer, aber heute, am Freitag vor der Kirmes, sah man Frauen und Mädchen eilfertig hin und her rennen. Bei der Lickefellen wurde der Laden nicht leer. Zucker, Rosinen und Mandeln wurden in großer Menge gekauft, dazu Safran und Zimt, denn morgen, am Sonnabend vor der Kirmes, wurde überall Kuchen gebacken. Zur Kirmes wollte der Ärmste seinen Kuchen haben, und die gar nichts hatten, die Bettelkinder, die zogen singend von Haus zu Haus und erbaten sich welchen. In den Dörfern wurde die Kirchweih oder Kirmes an verschiedenen Sonntagen gefeiert, je nachdem die dortigen Kirchen geweiht waren. In Tannengrün und Wilkenau war sie spät im November, gewöhnlich im Schnee, die Leute kannten es nicht anders. Es kümmerte sie auch nicht, ob der Wind ihnen um die Ohren pfiff und der Schnee um sie wirbelte, wenn sie nur ihren Kuchen hatten und ihren Schweinebraten mit Sauerkraut und dazu Gäste aus den andern Dörfern.

Frau Wilde schien es heute besonders eilig zu haben, sie

lief, ein großes Kopftuch um die Ohren, zur Lickefellen, um dort ihre Einkäufe zu machen. Zufällig war niemand weiter im Laden. »Nun, Gevatterin, bei euch wird wohl am Montag laut gemacht, ihr habt ja Hochzeit –«

»Meinetwegen hätt' sie noch warten können, aber es ist ja nun einmal so –«

»Höre«, sagte die Lickefellen und beugte sich vertraulich über den Ladentisch und stützte den Ellbogen auf, denn sie war willens, eine längere Unterhaltung anzuknüpfen – »höre, an der Amanda Stelle hätte ich mir einen hübscheren ausgesucht. So ein alter, langhalsiger Grünspecht, der noch nichts ist –«

»Er ist gar viel«, sagte die Wilde beleidigt. »Er ist gelernter Zimmermann, aber jetzt hat er einen Posten als Aufseher in der Zigarrenfabrik, in welcher meine Amanda gearbeitet hat.«

»Nimm mir's nicht übel, Gevatterin, aber kann denn die Amanda einen Haushalt besorgen, wenn sie Zigarren gewikkelt hat? Ich laß meine Töchter dienen, und heiraten sollen sie einmal nicht so jung.«

Die Wilde seufzte und sagte: »Es ist nun einmal so weit. Gib mir schnell meine Sachen, ich habe nicht viel Zeit zum Plaudern.«

Die Lickefellen sah ihr kopfschüttelnd nach und sagte vor sich hin: »Sollten die Leute recht haben mit ihrem Gerede, ich glaub's fast.«

Die große Hochzeit, von der Amanda schon wochenlang gesprochen hatte, sollte am Kirmesmontag gefeiert werden. Sie wollte alles ebenso schön haben wie die reichen Bauerntöchter, auf das äußere Gepränge kam bei ihr alles an. Es wurde im Hause geputzt und gescheuert und Kuchen gebacken, der hochzeitliche Anzug lag bereit. Amanda versuchte eben vor dem Spiegel, wie die Haare am besten aufzustecken seien, da trat der Vater ein. Er sah ernst und gedrückt aus, aber sein fester Schritt schien zu sagen: »Ich bin der Herr im Hause und will es auch bleiben.«

»Amanda«, sagte er, »ich war beim Pastor und habe die Trauung bestellt. Ihr wart auch da und habt nicht die Wahrheit bekannt. ›Wer aus der Wahrheit ist, der höret meine Stimme‹, das Wort hat mir immer im Sinn gelegen, und danach will ich handeln. Ihr werdet Montag in aller Stille getraut, alles Gejuble und aller Firlefanz bleibt weg.«

»Aber Vater«, sagte die Wilde, die eben eingetreten war, erschrocken, »du willst doch nicht sagen, daß die geladenen Gäste abbestellt werden sollen und wir uns hier in die Stube setzen und Maulaffen feil halten. Da hätte das Dorf was zu reden.«

»Das hat es schon«, sagte der Vater düster, »dafür hat die Amanda gesorgt.«

Amanda aber fing an zu heulen und sagte: Ihretwegen brauche niemand zu kommen, sie wolle froh sein, wenn sie mit ihrem Friedrich zum Dorf hinaus sei usw.

Der Vater blieb fest. Er hatte dem Pastor versprochen, Hand in Hand mit ihm zu gehen. Denn, hatte er gesagt, wenn die Eltern mir helfen, können wir dem Verderben, das eingerissen ist, steuern. Die Jugend muß wieder Zucht und Keuschheit lernen, und eine Jungfrau darf sich ihre Krone nicht rauben lassen.

»Amanda«, sagte der Vater, »dein Hauptschmuck ist dahin, dein äußerer Staat ist in meinen Augen nichts wert.«

Am andern Tag steckten die Mädchen im Dorf die Köpfe zusammen und eine flüsterte der andern zu: »Weißt's schon, bei Wildens soll morgen alles ganz still hergehen, der Alte will's so –«

»Was der will, das tut er. Aber unser neuer Pastor ist auch einer, der einen durch und durch schaut. Der hat ein strenges

Auge auf alles.«

»Aber auch ein gutes«, sagte ein junges Mädchen, die mit ihrem Kuchenteig zum Bäcker wollte. »Meine Großmutter, die schon so lange liegt, besucht er fast alle Tage, und dann ist er so freundlich und redet so schön, daß man oft weinen möchte. Ich hab' mir auch vorgenommen, ich richt' mich nach seinen Reden, und wenn ich einmal Braut werde, dann soll er seine Freud' an mir haben.«

»Ja, schöner wär's schon, wenn's in unserem Dorf nicht mehr so wüst herginge«, sagte eine andere. »Wißt ihr, wir sechs wollen einen Bund machen, daß wir uns brav halten und daß die Leute einmal nicht zu reden haben.«

»Und daß wir unsern Kranz mit Ehren tragen vor Gottes und der Menschen Augen«, fügte eine dritte hinzu. Die andern nickten einstimmig. Dann banden sie ihre Kopftücher fester, gürteten sich hoch und schritten die Anhöhe hinauf mit ihren Tragkörben. Sie kämpften sich mutig durch den Schnee bis zum Bäcker, während die Mütter daheim zu tun hatten.

»Lickefellen, was ist denn heute bei Ihnen los«, rief Mine, die etwas bestellen wollte und, da sie niemand im Laden fand, in die Stubentür guckte.

»Kirmes ist morgen«, sagte die Lickefellen, die mit beiden Händen im Kuchenteig steckte. Nun zog sie die eine Hand lang in die Höhe mit dem Teig, der sich wie Gummi dehnte. »Kuchen wird gebacken, einmal im Jahr ist es nur und viel kommt nicht hinein. Die Leute haben mir gestern nicht viel übrig gelassen. Aber ein bißchen Safran oben drauf und Zucker gibt ein feines Aussehen. Und morgen abend gibt's Schweinebraten und Sauerkraut. Wenn Sie wollen, Mine, können Sie ein bißchen mitessen.«

Mine wurde rot. Das Verhältnis war seit dem Erlebnis mit Wilhelm etwas gespannt gewesen. Die Lickefellen fühlte sich als Mutter beleidigt, und das konnte man ihr nicht verdenken. Mine war die Sache innerlich ein klein wenig leid, weil der Wilhelm ihretwegen fortgegangen. Aber merken ließ sie sich nichts.

»Ich komme ganz gerne, wenn ich Erlaubnis bekomme«, sagte sie freundlich.

»So, Reese, nun können wir gehen, der Teig ist gut, die andern werden schon beim Bäcker sein. Knüpf' dir dein Tuch fester, es schneit recht und der Sturm heult –«

»Sie wollen doch nicht nach Wilkenau zum Bäcker?« fragte Mine.

»Natürlich«, war die Antwort. »Was tut uns das Wetter? Die andern Leute sind schon längst über die Berge, wir kommen ein bißchen spät. Schnell, Reese, den Schlitten.«

Ein kleiner Handschlitten stand schon vor der Tür, der Kuchenteig wurde eingepackt, warm mit einem Kopfkissen zugedeckt, und fort ging's den Berg hinan. Mine ging nach Hause und sah, wie aus allen Häusern Leute kamen mit Tragkörben oder Schlitten, und alle nahmen denselben Weg zum Bäcker. Dort mußte ein lustiges Leben sein, wenn sie alle zusammenkamen und sich erzählten. Mine hätte auch dabei sein mögen.

»Fräulein, wir hätten auch backen sollen«, meinte sie, nachdem sie Angelika von dem Treiben im Dorf erzählt hatte. »Morgen wird's überall nach Kuchen riechen, nur bei uns nicht.«

Am Abend jedoch kamen Kuchenspenden die Fülle ins Schlößchen.

»Meine Mutter schickt dem Fräulein dies, weil sie ihr neulich, als sie das Magendrücken hatte, so gute Tropfen gegeben«, sagte eine. Die andere brachte von der Großmutter eine Kuchenprobe, weil das Fräulein ihr ein so schönes Mittel gegen die Kopfangst gegeben. Eine dritte brachte etwas als Dank dafür, daß sie das Sticken bei ihr gelernt. Und so füllte sich Angelikas Speisekammer, ohne daß sie selbst gebacken, und Mine konnte Kuchen riechen und essen nach Wohlgefallen.

Der Kirmesmontag brach an. Der Sturm hatte sich gelegt, die grauen Schneewolken hatten sich verzogen, ein klarer Frosttag ließ alles in freundlichem Licht erscheinen. Der Schnee lag dick auf den Zweigen der Tannen, die Sonne schien hell, der Himmel war blau. Das war für die kuchensingenden Bettelkinder ein gefundenes Wetter. Schon von früh an schmetterten sie mit ihren Stimmen: »Großer Gott, wir loben dich«, und wenn sie's heruntergeleiert hatten und ihre Spende erhalten, dann stopften sie die Mäulchen so voll, daß sie kaum atmen konnten. So ging's von Haus zu Haus. Als Sättigung eingetreten war, legten sie die Kuchenspenden in bunte Tücher, knüpften sie zusammen und schlitterten auf dem gefrorenen Dorfteich herum. Das war ihre Kirmes.

Angelika sah von ihrem Fenster aus lächelnd auf die Schar. Dann rüstete sie sich zur Kirche, um den Tag würdig zu begehen. Am Nachmittag erwartete sie die Pfarrersleute zum Kaffee. »Wir müssen doch auch feiern, wenn alles feiert.« Mit diesen Worten bewillkommnete sie die Freunde und schenkte dann den Gästen ein.

Mine mußte den Kaffee herumreichen. Es stand ihr alles wohl an. Eben stand sie am Nebentisch und wollte das Zimmer verlassen, da hörte sie den Pastor sagen: »Der beste Bursche des Dorfes fehlt heute, das ist der Wilhelm Lickefell.« Und nun fing er an, ihn zu rühmen, was er für ein ehrliches Gemüt sei, wie er es ihm verdanke, daß der Jünglingsverein zustande gekommen, wie er trotz aller Anfeindungen der Andersgesinnten doch die redlichen, aber schüchternen Burschen beeinflußt habe, so daß nun der Verein im besten Aufblühen sei. Mine hörte dies in der Ecke des Zimmers schweigend an und schlich dann hinaus. Sie ging in ihre Kammer, stellte sich ans Fenster und biß sich auf den Zeigefinger. So blieb sie in Gedanken versunken stehen, bis ein Ruf der Herrin sie aus ihren Träumereien weckte.

Bei Wildes saßen Vater, Mutter, Anna und August zusammen. Amanda war gleich nach der Trauung mit ihrem langen Mann in die Stadt gefahren, dort konnten sie abends unternehmen, was sie wollten. »Im Dorfe regiere ja der Pastor und mache die Leute verdreht, da wären sie in der Stadt aufgeklärter, das ließe sich niemand gefallen.«

Frau Wilde hatte aber an dem Tage ihre eigenen Gedanken. Sie sah ein, daß ein schönes Gesicht und feine Sachen und schöne Haarlocken nicht den Hauptschmuck eines Mädchens ausmachen und beschloß, mit ihrer Anna sorgsamer zu sein. Anna saß still und sinnig am Tisch in ihrem einfachen Anzug und bescheidenen Wesen. Sie strickte eifrig, während Vater Wilde in der Bibel las und August sich im Schreiben übte.

»Gelt, Anna«, sagte die Wilde, »du machst mir einmal mehr Freude als die Amanda.«

Annas Augen leuchteten hell auf. Sie reichte der Mutter die Hand über den Tisch und sagte: »Wenn mir unser Herrgott hilft, so will ich ein frommes und ehrbares Mädchen werden, daß ihr Eure Freude an mir haben sollt!«

Der Winter war lang, aber nicht einsam. Der Hauptmann hatte an dem Verkehr mit dem Wilkenauer Pastor große Freude. Wenn es schneite, blieb er zu Hause bei seinen Büchern. Er pflegte auch mitunter abends in den Gasthof zu gehen und sich unter die Bauern zu setzen. Sie mochten es gern, wenn er von seinen Kriegserlebnissen oder Reisen erzählte. Angelika war allgemein beliebt im Dorfe, sie kannte jede Familie und war ein gern gesehener Gast. Die weibliche Jugend war ihr besonders zugetan, es fehlte keine von den jungen Mädchen, wenn es Sonntags nachmittags zum Fräulein ging. Sie suchte veredelnd auf Herz und Gemüt einzuwirken. In gleicher Weise war der Pastor bemüht, die Jünglinge an sich zu ziehen. Aber auch der Alten und Kranken nahm er sich an. Er hatte schon mancher Seele, die auf ihrer Heimfahrt begriffen war, den wahren Trost aus Gottes Wort und Frieden verkündigt. Wo er aber harte Herzen fand und Streit in den Familien und andere durch die Sünde entstandene Kümmernisse, da strafte er die Leute um ihres Unglaubens willen und sein Herz war betrübt, wenn er sie irre gehen sah und Gottes Wege verlassen.

Schon manchmal hatte er versucht, dem reichsten Bauern der Gemeinde nahe zu kommen. Er hatte ihn auf dem Felde angeredet, aber mürrische, verdrossene Antworten bekommen. Er war einmal bei ihm im Hause gewesen, da hieß es, er sei nicht daheim, wiewohl er ihn hatte vor sich ins Haus gehen sehen. Sollte er, der reichste Mann im Dorf, sich vielleicht Vorwürfe machen lassen über sein bisheriges Leben? Er wollte den sehen, der es wagte, ihm Vorwürfe zu machen. Seine Frau hatte es einmal gewagt, und die hatte ihren Lohn bekommen. Seine Hand hat er wider sie erhoben und sie zum Hause hinausgetrieben, die sollte es nicht versuchen, wieder zu kommen!

Und doch war tief im innersten Herzen eine Stimme, die sich anklagend wider ihn erhob. Dieser Stimme konnte er nicht Einhalt gebieten, es war die Stimme des Gewissens, die oft leise, oft laut anklopfte. Er suchte sie zu übertäuben, aber in stiller Mitternachtsstunde hörte er sie doch, er warf sich unruhig auf seinem Lager hin und her und erschrak vor dem leisesten Geräusch. Was half ihm all sein Geld und Gut, wenn er keinen Frieden hatte. Er glaubte aber doch, das

Geld sei das Beste in der Welt, und scharrte, wo er konnte, zusammen. Je mehr er sammelte, desto gieriger wurde er danach, ja, er hatte das Geld so lieb, daß er sich schwer von einem Pfennig trennte. Sein Geiz war Ursache an allem Familienweh. Als seine einzige Tochter Lene heiraten wollte, war er dagegen, weil ihr Auserwählter kein Reicher sei. Er tobte und fluchte und drohte sie ganz zu enterben, wenn sie den armen Heinrich Lickefell nähme. Aber die beiden wollten nicht voneinander lassen. Die Mutter wollte ihr einziges Kind nicht unglücklich wissen und gab ihren Segen. Aber der Alte hielt Wort, keinen Pfennig gab er der Tochter, sie mußte sich genügen lassen an dem, was die Mutter in der Stille für sie zusammengespart hatte, an Leinenzeug und Betten. Heinrich Lickefell glaubte des Geldes nicht zu bedürfen. »Ich habe Hände, die arbeiten können«, rief er, »und mein väterliches Erbe, das Häuschen am Walde, gibt uns Obdach und Wohnung.«

Aber gerade durch dies Haus geriet er in die Hände seines Schwiegervaters. Schon Heinrichs Eltern hatten Schulden darauf, hatten aber die Zinsen pünktlich bezahlt, die Schulden zu tilgen vermochten sie nicht. Heinrich und sein Weib nährten sich nun redlich von ihrer Hände Arbeit, daneben hatten sie den kleinen Laden eingerichtet, der ihnen auch ein weniges einbrachte. Doch es kamen schlechte Jahre, die Familie wurde größer, der Verdienst geringer, und die Zinsen konnten nicht mehr aufgebracht werden. Als dieselben fällig waren, machte Heinrich sich traurig auf, um seinen Gläubiger, den Schmied des Dorfes zu bitten, Geduld zu haben mit der Bezahlung.

»Ihr habt nichts mehr an mich zu zahlen, guter Freund«, sagte dieser, »ich war dem Leberecht Witt Geld schuldig und so gehört ihm jetzt meine Hypothek, die auf Eurem Hause steht.«

»Ein größeres Leid hättet Ihr mir nicht antun können«, sagte Lickefell zum Tode erschrocken.

»Ein jeder ist sich selbst der nächste«, seufzte der Schmied und zuckte die Achseln.

Heinrich Lickefell war in der peinlichsten Lage. Bisher war es ihm möglich gewesen, die Zinsen regelmäßig aufzubringen. Nun das erste Mal, wo das Geld fehlte, sollte er den um Aufschub bitten, der sich ihm gegenüber als ein harter, gefühlloser Mann gezeigt hatte. Es konnte aber nichts helfen, er mußte zu ihm und beschloß, es gleich zu tun. Er traf den Bauern vor der Tür seines Hauses. Früher hatte dieser seinem Schwiegersohn den Rücken gedreht, wenn er gekommen war, heute blieb er stehen und sah ihn lauernd an. »Du bringst mir Geld«, sagte er, »nur immer herein. Geld kann ich gebrauchen, der Zinsfuß steht so niedrig genug.«

Heinrich raffte sich zusammen. Er sah ihn fest an und sagte, daß er heute keine Zinsen zahlen könnte, sondern ihn bitten müßte, noch Geduld zu haben.

Nun brauste der andere auf. Das hätte er sich gleich denken können, daß das Bettelvolk nicht zahlen würde. Er kündigt hiermit die Hypothek und wenn das Geld in drei Monaten nicht zur Stelle sei, so würden sie alle zum Hause hinausgejagt. Wenn er, Bettler, sich in seine Familie gedrängt habe, es habe ihn nur nach seinem Gelde gelüstet, er wolle es ihm aber nun eintränken, jetzt sei er in seiner Gewalt.

Heinrich wurde blaß und sagte kein Wort. Er wankte nach Hause, aber die Worte des Schwiegervaters waren wie Dolchstiche in sein Herz gedrungen. »Fort, fort von hier«, tönte es in seinem Herzen, »wenn ich fort bin, erbarmt er sich eher seiner Tochter und der Kinder.« Und sein Stolz redete ihm vor, daß er nicht eher zurückkehren wolle, als bis er so viel Geld erworben, daß er unabhängig sei von dem

Manne, der ihn jetzt quäle.

Als seine Frau hörte, daß sie Schuldner des Vaters geworden, erschrak sie heftig. Sie kannte dessen Geiz und Hartherzigkeit und wußte, er würde sie eher zugrunde gehen lassen, als einen Pfennig einbüßen, der ihm gehörte. Aber es trieb sie zur Mutter, der armen Frau, die an der Seite solches Mannes ein gedrücktes Dasein führte. Sie klagte ihre Not dem treuen Herzen, und die Mutter, die es nicht zum äußersten kommen lassen wollte, faßte einen schnellen Entschluß und wagte es noch einmal, ihre Stimme zugunsten der Tochter zu erheben. Sie sagte ihrem Mann, daß es Sünde sei, sein eigen Fleisch und Blut zu verleugnen, er müsse sich seiner einzigen Tochter erbarmen, die jetzt als Bittende vor ihm stünde.

»Als Bettlerin«, donnerte er los, und nun ergoß sich eine so harte Rede über die beiden, daß auch in der Frau der Zorn hell aufloderte. Der Streit endete damit, daß der Bauer Frau und Tochter über die Schwelle seines Hauses trieb, ja sogar drohend die Hand wider sie erhob. Da waren sie beide gegangen. Als sie nach Hause kamen, fanden sie die Kinder schlafend. Heinrich aber war verschwunden auf Nimmerwiedersehen! Das arme Weib war nahe am Verzweifeln. Aber Lene war eine feste Natur. Sie ließ sich nicht durch die Not beugen, sondern raffte sich auf und suchte sich und ihre Kinder durch ihrer Hände Arbeit zu ernähren. Aber ein Gefühl der Bitterkeit blieb ihr im Herzen gegen den Mann, der, anstatt die Not gemeinsam zu tragen, derselben aus dem Wege gegangen war. Die Mutter blieb bei ihr. Einmal hatte sie versucht, eine Versöhnung anzubahnen, aber mit Zornesworten ward sie hinausgetrieben. Seitdem mied sie den Hof und Leberecht Witt mied die Frauen. Er forderte jedoch keine Zinsen wieder, und die Schuld blieb nach wie vor auf dem Hause. Lene wußte, es würde eines Tages ein schweres

Ungewitter über sie hereinbrechen, denn der Vater hatte gedroht, er würde schon sehen, wie er zu seinem Gelde käme.

Es war nach Ostern. Milde Lüfte strichen wieder über das Hochland, und alles streckte sich den warmen Strahlen der Sonne entgegen. Angelika hatte große Wäsche angestellt. Frau Wilken und Mine wuschen, daß der Seifenschaum weit umher spritzte, und die Rede floß dabei, daß es eine Lust war. Und als der Mittag kam, wartete schon der Heinrich sehnsüchtig an der Tür, denn zum Essen durfte er immer mitkommen. Mine ging und kehrte bald darauf mit der dampfenden Schüssel zurück. Und als sie nach der Tür hinwinkte und »Heinrich« rief, da war der Junge flugs am Tisch und richtete seine sehnsüchtigen Augen auf ein fettes Stück Fleisch, das ihm denn auch die Mutter hinschob mit den Worten: »Da, Heinrich, das kriegst du nicht alle Tage.«

»O Mutter, so ein großes Stück Fleisch, das ist ja wie zur Kirmes und das fette Kraut.«

Eben biß der Junge hinein und erzählte beim Essen der Mutter, wie Fräulein Angelika ihn erst angeredet habe und ihn gefragt, was er werden wolle, und wie er ihr gesagt, sein größter Wunsch sei, Lehrer zu werden, aber das koste viel Geld und seine Mutter sei arm. Da habe das Fräulein gesagt, wenn er fleißig wäre, könne er es doch vielleicht werden, – da stürzte Mine atemlos in die Tür und rang die Hände.

»Um alles in der Welt, Frau Wilken, jetzt haben sie die Likkefellen abgeholt, zwei Gerichtsdiener bringen sie fort, das ganze Dorf ist in Aufregung.«

Alles stürzte zur Haustür hinaus. Im Dorf rannte alles durcheinander. Frauen eilten mit ihren Kindern über den Hof, um so schneller zu Lickefells zu kommen, andere blieben kopfschüttelnd stehen und redeten miteinander. Angelika stand oben am Fenster und wunderte sich, was diese Unruhe in dem sonst so friedlichen Dorfe zu bedeuten habe. Sie ging hinunter in die Waschküche. Keine Waschfrau war zu sehen, keine Mine. Nun kam Heinrich zurück, noch an einem Stück Fleisch kauend, das er aus Vorsorge mitgenommen.

»Wo ist deine Mutter, Heinrich, wo ist Mine?«

»Alle drüben bei Lickefells, da ist was los. Sie haben die Lickefellen abgeholt, weil sie das Geld nicht bezahlen konnte.«

Angelika ging kopfschüttelnd hinauf und berichtete dem Vater von dem, was sich im Dorf ereignet hatte. Sie beschloß, wenn sich der Sturm gelegt, hinüber zu gehen und nach der Großmutter und den Kindern zu sehen.

Im Dorf standen die Leute gruppenweise zusammen. »Der alte, grausame Witt«, sagte eine Frau. »Ich danke Gott, daß ich einen besseren Vater habe.«

»Aber die Lickefellen konnte auch ans Zahlen denken«, meinte eine andere. »Wir bezahlen unsere Zinsen stets pünktlich, das kann uns keiner nachsagen.«

»Sie hat die alte Mutter auch auf dem Halse«, wandte eine dritte entschuldigend ein.

»Die verdient sich ihr Brot redlich. Wenn sie nicht das Hauswesen in Ordnung hielte, könnte die Lickefellen nicht den Handel betreiben.«

»Ich bin neugierig, wie das abläuft mit der Lickefellen, weißt es schon?« rief aus dem Fenster eines Bauernhauses die Frau einer vorübergehenden zu, die aus dem Nachbardorfe war.

»Was ist denn mit der geschehen?«

»Sie haben sie festgenommen, weil sie bis über die Ohren in Schulden steckt.«

Die Frau schlug die Hände über dem Kopf zusammen. »Es ist doch nicht menschenmöglich«, rief sie. »Warte, ich komme hinein, das muß ich gründlich hören.«

So war die arme Frau in aller Leute Mund, aber die wenigsten dachten daran, wie ihr wirklich zu helfen wäre.

Angelika, voller Teilnahme, wollte gerne helfen und ging, als die neugierige Menge sich verlaufen hatte, hinüber. Es war alles still, das Häuschen schien wie ausgestorben. Sie glaubte Reese im Laden zu finden, doch kein Mensch ließ sich hören noch sehen. Sie öffnete leise die Tür. Da saß die Großmutter auf ihrem Stuhl in der Ecke mit kummervollem Gesicht und weinte. Die kleine Lina stand neben ihr und streichelte von Zeit zu Zeit ihre blasse Wange und sagte: »Großmuter, nicht weinen, die Mutter ist ja nur in der Stadt und kommt wieder.«

»Ja, Lina«, sagte Angelika, des Kindes Hand fassend, »wir wollen den lieben Gott bitten, daß Er sie bald wieder schickt. Frau Witt, trösten Sie sich, es wird noch alles gut werden.«

Die Frau sah auf und schüttelte den Kopf. »Uns kann nun niemand mehr helfen, wir sind in bösen Händen.« Sie erzählte unter Weinen, wie schon um Weihnachten herum der Jude Hirsch mit einer bedeutenden Geldforderung gekommen sei und wie er, da kein Geld dagewesen, ein Papier hervorgezogen, das Lene habe unterschreiben müssen. »Sie habe sich verpflichtet, das Geld auf den gestrigen Tag zu zahlen, hat aber nur mit der äußersten Anstrengung eine kleine Summe zusammengebracht. Von den Nachbarn borgen mochte sie nicht und so ist das Schreckliche über uns gekommen. Die Zinsen sollen gleich bezahlt werden und die Hypothek ist zu Johanni gekündigt. Da wird das Haus versteigert und wir müssen am Bettelstab in die Welt wandern.«

»Wie hoch beläuft sich die Summe?«

»Die Zinsen betragen 320 Mark.«

Angelika suchte die niedergebeugte Frau zu trösten und eilte dann zu ihrem Vater.

»Väterchen, du hast gestern unverhofft eine Summe Geldes, die du verloren glaubtest, zugeschickt bekommen.«

»Das habe ich. Macht mein Töchterchen Ansprüche darauf?«

Angelika schilderte mit beredten Farben die traurige Lage der Nachbarn und wußte den Vater so eindringlich und herzlich zu bitten, hier helfend einzuschreiten, daß der Hauptmann, durch die Not bewogen, willig war, die erforderliche Summe vorzustrecken. Wer war glücklicher als Angelika! Sie eilte nach Wilkenau, um den Pfarrer um Rat zu fragen, wie die Sache einzuleiten sei. Derselbe erbot sich, andern Tags mit dem Gelde in die Stadt zu gehen, um die Befreiung der armen, aber rechtschaffenen Frau zu erwirken.

Unterdes waren Reese und Karl weinend aus der Stadt zurückgekommen. Sie hätten die Mutter nicht verlassen wollen, seien aber von den Gerichtsdienern zurückgewiesen worden, und die arme Mutter müsse in der Haft bleiben, bis das Geld gezahlt wäre. Die Großmutter sammelte die Kinder um sich und wies sie auf Gott den Herrn hin, der allein in der Not helfen könne.

Das Licht aus dem Stübchen, in dem die Alte mit den Kindern saß, leuchtete trübe und dunkel, und doch diente es einem Wanderer als Leitstern. Er ging festen, sichern Schrittes auf das Haus zu, in dem seit heute früh so große Not herrschte. Jetzt war er da. Sein Herz pochte gewaltig, er konnte kaum seiner Bewegung Herr werden. Hineinzugehen vermochte er noch nicht, er sah durchs Fenster und gewahrte die Kinder am Tisch sitzen. Der Knabe hatte ein offenes Gesangbuch vor sich und las mit lauter Stimme: »Denn welcher seine Zuversicht auf Gott setzt, den verläßt er nicht.« Als er schwieg, stand der Fremde an der Tür. Mit einem heftigen Ruck öffnete er sie, erschrocken fuhren die Kinder auf. Frau Witt aber stieß einen Freudenschrei aus, denn sie erkannte in dem Eintretenden ihren lang vermißten Schwiegersohn.

Am folgenden Tag ging die Kunde durchs Dorf: »Heinrich Lickefell ist aus Amerika zurückgekehrt und hat viel Geld mitgebracht, nun hat alle Not ein Ende.«

8 Irret euch nicht, Gott läßt sich nicht spotten

»Fräulein Angelika, ich hab' ihn gesehen! Ein ganz stattlicher und manierlicher Mann ist der Lickefellen ihrer. Und Geld hat er mitgebracht, daß das ganze Haus schuldenfrei wird. Er hat seine Frau aus der Stadt holen wollen, da ist schon der Herr Pastor mit ihr angekommen, und nun sind sie alle so glücklich drüben. Er hat aber tüchtig arbeiten müssen in Amerika. Das Geld liegt da nicht so herum, wie wir immer gedacht haben. Er sagt: ›Die Faulen werden da ebensowenig reich wie hier.‹ Reich hat er auch nicht werden wollen, nur so viel erwerben, um aus den Händen des alten Witt befreit zu werden.«

»Warum hat er aber nicht an die Seinigen geschrieben und sie jahrelang in der Ungewißheit gelassen?«

»Er hat mehrere Male geschrieben, aber die Briefe sind verloren gegangen. Es tut ihm so leid, daß sie nichts von ihm erfahren haben. Die Berta ist heute auch schon gekommen, um den Vater zu begrüßen, nur schade, daß der Wilhelm –«

Auf einmal wurde Mine feuerrot, und mit den Worten: »Ach, die Milch läuft über«, lief sie aus der Tür. Angelika sah ihr lächelnd nach. Mine war ganz aufgeregt durch die Ereignisse in der Nachbarschaft. Immer fand sie etwas, das notwendig drüben geholt werden mußte. Daß Mine die Gänge nicht mit der sonstigen Schnelligkeit abmachte, war nicht zu verwundern. Der Laden bei Lickefells wurde den ganzen Tag nicht leer, alle wollten den heimgekehrten Gatten sehen und ihn erzählen hören von seinen Erlebnissen.

Henrich Lickefell hatte in der Fremde manches gelernt; die Hauptsache aber war, daß er gelernt hatte, nach Gott zu fragen, daß er seine Schuld erkannt hatte und reuevoll zu seiner Familie, die er so treulos verlassen hatte, zurückgekehrt war.

So waren die Leute im Häuschen am Walde nun glückliche Menschen geworden. Nur ein Schatten trübte das Glück. Einer, der das Oberhaupt der Familie sein sollte, stand ihnen fern, er hatte sie selbst von sich gestoßen. Wußte er, daß Likkefell zurückgekehrt war und nun auf eigenen Füßen stand? Wußte er, daß die Familie seiner nicht mehr bedurfte, daß Heinrich Lickefell dem Juden das Geld für die Hypothek ausgezahlt hatte und das Haus nun seines Schwiegersohnes unbestrittenes Eigentum war? Er mied geflissentlich jede Annäherung und ging seinen Weg allein. In der Kirche wurde er nie gesehen, im Wirtshaus selten. Er ging lieber in die Stadt, wo er Genossen hatte, die ihm mehr zusagten als die Bauern des Dorfes, die ihn seines Geizes wegen verachteten, aber um seines Reichtums willen beneideten. Niemand hatte schönere Felder als er, seine Wiesen waren die üppigsten, sein Vieh strotzte. Daran ließ er nichts fehlen. Das Wohnhaus und die Stallungen waren in gutem Stand, aber doch fehlte darin des Hauses Krone, die Hausfrau, welche die Mägde anwies und das Ganze zusammenhielt. Eine alte brummige Wirtschafterin tobte mit den Mägden herum, er mit den Knechten; immer war Wechsel, wenn das Jahr zu Ende ging. Viel Streit und Unfrieden gab es und häßliche Worte. Viel Geld war in den Truhen, aber der größte Schatz, die Gottesfurcht, fehlte, darum konnte kein Glück in den Mauern wohnen.

Es war Sommer geworden. Schon sah man die Schnitter auf den Feldern arbeiten. Die vollen, goldenen Ähren wurden zu Garben zusammengebunden und harrten des Erntewagens, der den Segen in die Scheunen bringen sollte.

An einem Sonnabend war's, da kam Angelika mit ihrem Vater von einem weiten Spaziergang. Es war ihnen eine

Freude, immer neue Schönheiten der Gegend ausfindig zu machen. Schön war's unten in den Tälern, wo die Bächlein rauschten und die schönen Wiesenblumen blühten, schön war's auf den luftigen Höhen, von wo der Blick in die Ferne schweifen konnte, und die Bilder und Szenen wechselten von einem Aussichtspunkt zum andern.

Eben waren sie von einer Höhe herabgestiegen und befanden sich ganz in der Nähe von Wilkenau. Sie bewunderten den schönen Weizen, der von den fleißigen Arbeitern in Garben zusammengebunden wurde. Der Pfarrgarten grenzte daran, doch gehörte das große Feld zum Tannenhof. Auf der andern Seite der Landstraße war noch ein Weizenfeld, auf dem die Garben schon des Erntewagens warteten. Es gehörte auch Leberecht Witt, und dieser ging prüfend von einer Hocke zur andern und murmelte befriedigt: »Alles trocken.« Plötzlich sah er ganz in seiner Nähe auf der Landstraße Pastor Becker kommen, der auf den Hauptmann zuging und ihn sowie seine Tochter freundlich begrüßte. Ersterer war dem Bauern ein Dorn im Auge, wie oft schon hatte er gewünscht, seinen Ärger an ihm auszulassen. Jetzt war die passende Gelegenheit da. »Hört«, rief er seinen Knechten zu, so laut, daß die Sprechenden sich nach ihm umwandten, »hört, morgen wird eingefahren. Um neun Uhr fangen wir an, bis das Feld leer ist. Hört ihr«, rief er noch einmal, »morgen früh um neun wird eingefahren.«

Der Pastor wußte, daß es nun an der Zeit sei, seines Amtes zu walten. Quer durch das Feld schreitend, hatte er in Kürze den Bauern erreicht. »Leberecht Witt«, sagte er und legte dem Mann die Hand freundlich auf die Schulter, »wie wär's, wenn Ihr den Knechten gebötet, statt morgen am Montag den Weizen einzubringen? Gott der Herr hat Euch so reich gesegnet, zahlt Ihm Euren Dank dadurch, daß Ihr den Feiertag heiliget.«

»Es geht niemanden etwas an, was ich auf meinem Felde vornehme«, versetzte der Bauer mit höhnischem Lachen.

»Ich als Euer Seelsorger bin dazu berufen, Euch zu ermahnen und zu bitten, Gottes Gebote nicht zu übertreten. ›Heute, so ihr Gottes Stimme höret, verstocket eure Herzen nicht.‹«

Er sollte nur seine Worte sparen, meinte Witt, er habe keine Zeit, ihn anzuhören. Mit diesen Worten wandte er dem Pfarrer trotzig den Rücken und ließ ihn stehen.

»Zwingen kann ich Euch nicht, das kann nur das Gesetz. Aber ›Irret euch nicht, Gott läßt sich nicht spotten‹«, rief der Pastor mit kräftiger Stimme hinter ihm her. Darauf wandte er sich betrübt und kam zu seinen Freunden zurück. Sie wechselten einige ernste Worte über den Mann, der in offener Feindschaft zu Gott und seinem Worte stand, und trennten sich kopfschüttelnd. Der Hauptmann und Angelika eilten heimwärts, denn der Abend kam heran. Von Wilkenau her ertönten die Glocken, die den morgenden Sonntag einläuteten. Von den Wiesen kamen die Frauen mit vollgepackten Körben, das duftende Gras sollte den Ziegen wohlschmecken. Vor den Bauernhäusern wurden die Zinnkrüge und hölzernen Milchgefäße gescheuert, und in den Gärten machten sich die Töchter des Hauses zu schaffen, um zum Sonntag alles schmuck und sauber zu machen. Einige junge Mädchen, die vom Felde heimkehrten, gingen grüßend vorüber. »Guten Abend«, sagte Angelika freundlich, »nun ist Feierabend, und morgen ist Sonntag. Denkt ihr daran?«

Die jungen Mädchen wußten, was sie meinte. Sie nickten freundlich und gingen weiter. Wie schmuck sahen sie aus in den weißen Schürzen und den dunklen Miedern! Die bunten Tücher waren malerisch um den Kopf geschlungen, die Harken hatten sie über die Schultern gelegt. Als sie den Spaziergängern ein Stück voraus waren, stimmten sie plötzlich an: »Schön sind die Felder, schön sind die Wälder, in der schönen Sommerzeit.«

Wie prächtig klang es durch den stillen Abend. Über Angelikas Gesicht flog ein Freudenschein. Das Lied hatten sie bei ihr an den Sonntagnachmittagen gelernt. Sie wußte, die jungen Mädchen wollten ihr eine Freude damit machen.

Am folgenden Tage, als die andächtige Menge in der Kirche saß und den Worten des Geistlichen lauschte, hörte man draußen lautes Peitschenknallen und Wagengerassel. Jedermann wußte, daß der Bauer Witt seinen Weizen einfuhr. Daß die Knechte so laut dabei zu Werke gingen, war ihnen vom Herrn befohlen. Am Abend war das Feld leer und die Scheunen voll. Der Tag war glühend heiß gewesen, der Abend brachte keine Kühlung. Vielmehr türmten sich dunkle, unheilverkündende Wolken im Westen zusammen. Ein Gewitter zog herauf in der zwölften Stunde. So schwer hatte es die Gegend lange nicht erlebt. Blitz folgte auf Blitz, Donner auf Donner, der Sturm raste, als wollte er die Bäume entwurzeln und die Dächer von den Häusern nehmen. Überall saßen die Leute auf in banger Sorge. Da – ein greller Blitz, von knatterndem Donner begleitet. Es hatte eingeschlagen, das wußten alle. Und wer die Blicke scheu zum Fenster hinauswandte, der sah eine helle Flamme auflodern. Die große Scheune des Tannenhofes, die den Segen Gottes barg, stand in hellen, lichten Flammen. Hoch zum Himmel stieg die Glut, der Regen vermochte sie nicht zu dämpfen. Spritzen eilten herbei, und vereinten Anstrengungen gelang es, die Gefahr vom Wohnhause abzuwenden, da der Wind nach der andern Seite hin trieb. Die Scheunen wurden vollständig eingeäschert.

Am andern Morgen ging die schreckliche Kunde durchs Dorf: »Der Leberecht Witt ist in die brennende Scheune gestürzt und in den Flammen umgekommen.«

Die Frau aber, die er von sich gestoßen, war die erste auf dem Tannenhof gewesen, als das Feuer ausbrach. Sie wußte, daß er nicht tot war, aber mit schrecklichen Brandwunden bedeckt hatte man ihn aus dem Feuer gerissen und ins Haus gebracht. Dort lag er besinnungslos, bis der Arzt kam und Verbände anlegte. Er schüttelte das Haupt, als er die Brandwunden sah, und gab keine Hoffnung. Das arme Weib saß tief erschüttert an seinem Krankenlager und suchte die Schmerzen des Unglücklichen durch kühlende Mittel zu lindern. Er phantasierte heftig: »Das Geld, das ich in der Scheune unter dem Weizen verborgen, das muß, das will ich retten. O mein Geld, mein Geld!«

Dann wieder rief er: »Wo kommt der Wilhelm her? Er soll mich nicht so ansehen mit seinen dunklen Augen. Wilhelm, du sollst den Tannenhof haben, aber geh! Ja, der Wilhelm soll den Tannenhof haben, aber das Geld muß ich mitnehmen. Lene kann keins bekommen.«

So raste der unglückliche Mann, aber zur Besinnung kam er nicht wieder. Er fuhr dahin, ohne daß seine Seele gerettet werden konnte.

»Irret euch nicht, Gott läßt sich nicht spotten!«

9 Nach drei Jahren

Drei Jahre waren vergangen. Es war wieder Sommer. Die Sonne schien heiß aus blauem, wolkenlosem Himmel. Und Mine war's auch heiß in der Küche bei ihrer Arbeit. Sie mußte wieder etwas vorhaben, denn die Schüsseln und Töpfe wurden mit einer Hast geputzt und gescheuert, als ginge es ums Leben.

Eine halbe Stunde später tritt sie im Sonntagsstaat aus der Tür. Das schon bei der Arbeit erhitzte Gesicht war durch das Reiben mit Seifenwasser zinnoberrot geworden; an Kühlung war nicht zu denken, denn ein heißer Weg lag vor ihr. Doch was war daran gelegen! In Wilkenau war Jahrmarkt, da durfte Mine nicht zu Hause bleiben. Sie kam ohnehin spät genug, in Tannengrün war alles wie ausgestorben.

Oben im Herrenhause öffnete sich ein Fenster: »Mine, vergiß nicht, neue Schüsseln und Töpfe mitzubringen, du hast viel entzwei gemacht. Komm nicht zu spät heim und geh jetzt langsam, es ist heiß.«

Wer war froher als Mine, der ein Jahrmarktsnachmittag das höchste Vergnügen war. Sie hatte sich wenig verändert in den drei Jahren, doch zeigte sie ein redliches Streben, besser zu werden, und Angelika hatte sie lieb um ihrer Treue und Anhänglichkeit willen. In Tannengrün hatte sie sich vollständig eingelebt, ja sie schien sich zwischen den Bergen sehr wohl zu fühlen. Sehnsucht nach der Heimat hatte sie mitunter, doch die Aussicht, ihre Mutter im nächsten Jahr wiederzusehen, wenn Fräulein Angelika eine Reise nach Norddeutschland machen und sie mitnehmen würde, wie sie versprochen, tröstete sie. Freundinnen hatte sie viele im Dorf, es waren alles junge Mädchen, die ein ernstes Streben zeigten, die beim Fräulein aus und ein gingen. Der Verkehr mit ihnen und besonders Angelikas Einfluß festigte sie je mehr und mehr in dem einen, was not tut. Ihr originelles, offenes Wesen gefiel jedermann, mit kindlicher Freude genoß sie alles, was sich ihr bot.

Auf den Jahrmarkt hatte sie sich wochenlang gefreut. Nun war es endlich so weit; mit raschen Schritten eilte sie die Höhe hinauf. Jetzt ging sie am Tannenhof vorüber. Ei, wie schmuck und sauber sah dort alles aus, die Scheunen waren längst wieder aufgebaut, das Haus hatte einen freundlichen hellen Anstrich, das Ganze machte nicht mehr den düsteren Eindruck wie früher. Über Jahr und Tag hatte der Hof leer gestanden. Die Familie, der alles zugefallen war, war zu tief erschüttert von den letzten Ereignissen, als daß sie sich entschließen konnte, den Tannenhof zu beziehen. Heinrich und Lene wollten ihr Leben im Waldhäuschen beschließen, und die Mutter, die sich lange nicht erholen konnte von allem Schweren, was sie erlebt, blieb am liebsten bei den Kindern.

Da kam der Wilhelm aus der Fremde. Er war weit herumgekommen und hatte viel gelernt. Was er Pastor Becker verdankte, das hatte er als köstlichen Schatz gehütet. Der Glaube an Christum und der Wandel in der Wahrheit hatten ihn vor Versuchungen und Sünde bewahrt. Die Eltern stellten es ihm anheim, ob er beim Handwerk bleiben oder den Tannenhof übernehmen wolle. Er sah nachdenklich vor sich in; plötzlich sprang er auf und rief: »Der Hof soll nicht in fremde Hände übergehen, ich will mit Gottes Hilfe das Erbe des Großvaters wieder zu Ehren und Ansehen bringen.«

Die Großmutter reichte ihm die zitternde Hand. »Wilhelm«, sagte sie. »Gott segne deinen Entschluß. Wenn meine alten Augen noch sehen, daß Gottesfurcht und Frömmigkeit auf dem Tannenhof zu Hause sind, dann will ich in Frieden heimfahren.«

So war nun Wilhelm Besitzer des Tannenhofes geworden und ließ sich die Bewirtschaftung des Gutes angelegen sein. Ein schmucker, stattlicher junger Bauer war es, manches junge Mädchen im Dorf richtete hoffnungsvoll ihre Augen auf ihn.

Mine mochte an dies alles denken, als sie am Tannenhof vorüberschritt. Ja, jetzt war Wilhelm ein reicher Bauer und sie ein armes Dienstmädchen. Hätte sie ihn damals nicht so abgekanzelt, da könnte sie nun –

Sie schrak zusammen und eilte weiter. Da hörte sie Wagengerassel hinter sich. Ein leichter Stuhlwagen hatte sie bald erreicht. Wilhelm saß darin und fuhr grüßend vorüber. Nun ließ er halten: »Jungfer, wenn Sie mitfahren wollen, Platz ist im Wagen.«

Sie dankte höflich und bescheiden, nicht patzig, wie es früher ihre Art war. Als er aber noch einmal einlud, sagte sie entschlossen:

»Wenn Sie mich mitnehmen wollen, Herr Lickefell, dann setze ich mich hierher.« Mit diesen Worten sprang sie gewandt aufs Rad und setzte sich neben den Knecht, der nun in schnellem Trabe davonfuhr. Das Wagengerassel übertönte Wilhelms Rufen, sich doch zu ihm zu setzen; es mochte wohl auch besser so sein. Ehe sie ins Dorf kamen, bat Mine den Knecht, zu halten. Sie stieg ab, dankte Wilhelm, der Wagen rollte weiter und war bald ihren Blicken entschwunden.

Eine halbe Stunde später finden wir Mine im Gedränge des Jahrmarkts. Sie schob sich mit ihren kräftigen Armen tapfer vorwärts und machte bald hier und bald da Einkäufe. Ihr großer Korb füllte sich immer mehr und doch sahen die Augen noch so vieles, das sie gern haben möchte. Eine Bude mit seidenen Bändern und bunten Tüchern lenkte ihre Aufmerksamkeit auf sich, da ertönte eine Drehorgel, hier gab es ein Karussell mit Musik, dort eine Bude mit warmen Würstchen, das Wasser lief ihr im Munde zusammen. Dort pries eine Verkäuferin ihre Pfefferkuchen und Zuckerherzen an, o, es war des Schönen zu viel, sie hätte immer zugreifen mögen. Nun hatte sie das Ende des Jahrmarkts erreicht und stand in der Nähe des Gasthofes, aus dem lustige Tanzmusik erklang. Das war nichts für sie, sie wußte ihre Zeit besser anzuwenden. Vor dem Gasthof hielt Wilhelms Wagen, die Familie Lickefell war eben im Begriff, einzusteigen. Die Einkäufe waren schon verpackt, Heinrich und Lene saßen mit Lina hinten, Reese und Karl mußten vorn beim Knecht sitzen. Ein bißchen eng war's freilich, aber das Fahren war doch ein Vergnügen, und nun rollten sie davon. Wilhelm ging, nachdem er ihnen fröhlich zugenickt hatte, in den Gasthof. Mine hätte gern die Nachbarn begrüßt, wenn nicht der Wilhelm dabei gewesen wäre, den mied sie, wo sie konnte.

Sie ging mit ihrem schweren Korb weiter und stand bald wieder vor der Bänderbude. Hei, wie die Bänder und Tücher lustig im Winde flatterten, sie hätte gar zu gern das schöne rote Tuch gehabt mit der schmalen, gelben Kante, es sah so apart aus. Aber der Preis war zu hoch, die Verkäuferin ließ nicht mit sich handeln. Mine hielt es immer noch in der Hand und wollte es eben schweren Herzens zurückgeben, als plötzlich eine fremde Hand das Geld in der Verkäuferin Hände legte und eine wohlbekannte Stimme sagte: »Jungfer, das Tuch gehört Ihnen, packen Sie es nur in den Korb.« Mine wurde ebenso rot wie das Tuch, sie hätte am liebsten Einwendungen gemacht. Doch aus Furcht, Aufsehen zu erregen, schwieg sie und steckte das Tuch ein. Wilhelm blieb nun an ihrer Seite.

»Jungfer, möchten Sie nicht einen Pfefferkuchen, der gehört sich zum Jahrmarkt?«

Der Besitzer der Pfefferkuchenbude nahm schnell ein

großes, schönes Zuckerherz in die Hand und hielt es, als die beiden vorüberkamen, Wilhelm vor die Augen. Er lächelte Mine an. »Mögen Sie es, Jungfer?«

»O ja, Zuckerherzen hab' ich sehr gern«, antwortete sie ein bißchen verlegen, »aber machen Sie sich nur keine Unkosten.«

Das Zuckerherz war schon gekauft und in Minens Besitz. Sie legte es in eine Schüssel, die sie im Arm trug, und meinte, nun solle er ja nichts mehr kaufen, sie könne es sonst nicht fortbringen. »Ich muß nun auch gehen«, fügte sie verlegen hinzu, »ich darf nicht so spät nach Hause kommen. Haben Sie recht vielen Dank, Herr Lickefell.«

Sie machte sich davon und begab sich auf den Heimweg. Der Korb war schwerer, als sie gedacht hatte, dabei war es immer noch recht warm, sie mußte einmal absetzen und sich den Schweiß von der Stirne wischen. Eben wollte sie den Korb wieder aufnehmen, da ergriff dieselbe Hand, die das Geld für das Tuch gegeben, den Korb und dieselbe Stimme sagte: »Nein, Jungfer, das geht nicht, den Korb lassen Sie mich nur tragen, Sie haben an den Schüsseln genug.«

Mine wollte wieder Einwendungen machen, aber er schritt rüstig dahin mit dem Korb, und sie mußte wohl oder übel folgen. Wilhelm war heute außerordentlich redselig, er sagte, er habe sich schon immer gewünscht, mit Mine plaudern zu können, aber sie sei immer geflohen, wenn er gekommen. Wenn es ihr unlieb sei, mit ihm zu gehen, wolle er vorausgehen, sonst, meinte er, könnten sie den Weg zusammen machen.

Mine, die gerade die Spitze von ihrem Zuckerherz abgebrochen und in den Mund gesteckt hatte, sagte knappernd, ihr wäre es recht, wenn er mitginge.

»Schmeckt denn das Herz, Mine?«

»Ja, es ist sehr fein. Sie müssen aber auch ein Stück

mitessen, allein ist es mir zu groß.« Damit brach sie ein Stück ab und gab es ihm.

Sie gingen nun beide, am Zuckerherzen knappernd, weiter und gelangten auf die Höhe, die den Blick auf den Tannenhof und das Dorf Tannengrün eröffnete.

»Wie schön ist es hier!« rief Mine aus.

»Nicht wahr«, sagte Wilhelm erfreut, »hier ist es nicht wie in einem Kasten und bei mir auf dem Tannenhof auch nicht.«

Mine wurde rot. Sie wußte, worauf er hinzielte, und brach sich in der Verlegenheit noch ein Stück vom Zuckerherz ab, das sichtlich zusammenschwand.

Wilhelm erzählte ihr nun von seinen Reisen und war so gesprächig, daß Mine ausrief: »Ich hätte gar nicht gedacht, Herr Lickefell, daß Sie so plaudern könnten.«

»Das beste kommt noch, Mine. Was werden Sie sagen, wenn ich Ihnen erzähle, daß ich auf meiner Wanderschaft bis nach Warnkenhagen gekommen bin. Dort habe ich Ihre Mutter kennengelernt und soll Ihnen viele Grüße von ihr sagen.«

Mine, die eben das letzte Stück von dem geschenkten Herzen in den Mund gesteckt, wollte kaum ihren Ohren trauen. Als nun aber Wilhelm ihre Heimat und ihr Mütterchen beschrieb, da mußte sie es glauben. Helle Tränen perlten ihr aus den Augen, und das alte Heimweh drohte von neuem auszubrechen.

»Wie wär's, Mine«, fing Wilhelm nach einer Pause stokkend an, »wenn – wenn wir einmal zusammen zur Mutter führen? Mine, ich meine, wenn die beiden Punkte in Wegfall kommen: wenn Sie unser schönes Tannengrün und meinen Tannenhof nicht mehr für einen Kasten halten und meine Schweigsamkeit sich gebessert hat – dann könnten wir es doch vielleicht miteinander versuchen. Mine, wollen Sie mir Ihr Herz schenken, und wollen Sie von mir eins annehmen, das besser ist und länger aushält als das vom Jahrmarkt gekaufte?«

Mine machte eine Bewegung des Schreckens, klirr – da lagen die Schüsseln, die sie im Arm getragen, auf der Erde.

»Das kommt davon«, rief sie, und die Tränen flossen reichlich. »Was wird nun Fräulein Angelika sagen?«

Wilhelm hob die Scherben auf und paßte sie aneinander.

»Wir wollen sie nur liegen lassen«, sagte Mine. »Damit mag ich dem Fräulein doch nicht unter die Augen kommen. Hätten Sie nur gleich die Schüsseln angefaßt, ehe Sie mir das sagten, dann wären die doch heil geblieben.«

»Sind Sie denn so erschrocken?«

»Natürlich bin ich dies. Wie kann ich denken, daß der reichste Bauer im Dorf sich das ärmste Dienstmädchen aussucht?«

»Also haben Sie nichts gegen eine Verbindung mit mir einzuwenden?«

»Ach, Wilhelm, ich bin Ihnen ja immer gut gewesen, aber jetzt hab' ich gedacht, ich sei Ihnen zu gering.«

Er sagte ihr nun, daß er darauf nicht sehe. Er wolle ein einfaches, frommes Mädchen haben, das mit ihm den Herrn fürchte und in seinen Wegen wandle. Er wisse, daß sie in dem Punkt eines Sinnes seien, und so wollten sie denn in Gottes Namen den Bund fürs Leben schließen. Den Segen der Mutter habe er bereits; er habe derselben gesagt, daß er Mine und keine andere wolle.

Das machte Mine nun sehr froh, und als sie unten am Dorfteich standen bei den Pappeln, da sagte Wilhelm:

»Hier haben meine Eltern vor vielen Jahren auch gestanden und sich die Treue gelobt. Und nicht wahr, Mine, wir halten auch in der Not beieinander aus, tragen Freud' und Leid zusammen?«

»Wie Gott will«, sagte Mine schluchzend. »Wenn Sie mich

nicht verlassen, ich verlasse Sie nimmermehr. Aber nun lassen Sie mich gehen. Das Fräulein weiß ja gar nicht, wo ich bleibe.«

Sie standen noch einen Augenblick und reichten sich die Hände. Dann schritt Wilhelm rüstig dem Tannenhof zu und Mine faßte den Korb, den Wilhelm beim Teich niedergesetzt, und eilte ins Haus.

Sie brauchte sich nicht zu entschuldigen. Angelika hatte die beiden bei den Pappeln stehen sehen und wußte alles. Sie streckte ihr die Hand entgegen und sagte nur: »Mine, diesmal ist wohl die Partie mit Wilhelm Lickefell besser abgelaufen als vor vier Jahren?«

»Ja, Fräulein, wir haben uns zufällig getroffen, und das ist manchmal besser als verabredete Partien.«

Große Aufregung gab es im Dorf, als die Kunde laut wurde: Hauptmanns Köchin freit den Wilhelm vom Tannenhof. Aber jeder gönnte der treuen Mine ihr Glück, und daß Lickefells sie als Tochter willkommen hießen, läßt sich denken.

Als es wieder Frühling wurde, rüstete das Herrenhaus in Tannengrün zur Hochzeit. Die jungen Mädchen des Dorfes, unter denen natürlich Reese Lickefell und Anna Wilde die ersten waren, die Mine sich zu Brautjungfern erkoren, wanden Girlanden von Tannenzweigen und schmückten das Haus. Der Braut aber setzte Angelika selbst den grünen Myrtenkranz auf den blonden Scheitel, das ließ sie sich nicht nehmen. Und als dann der Wagen kam und Wilhelm und Mine mit den Brautjungfern davonfuhren, und ein zweiter und dritter folgte mit Eltern, Verwandten und Gästen, da stand ein blasses, abgehärmtes junges Weib in Wildes Gehöft mit einem Kind auf dem Arm, ein anderes an der Hand und sah dem Brautzuge nach. Tränen rannen ihr über die schmalen Wangen und leise sagte sie:

»Solchen Ehrentag hätte ich auch haben können, wenn ich mir's nicht selbst zuschanden gemacht hätte.«

Ja, Amanda hatte das erhoffte Glück nicht gefunden. Der Mann hatte sich dem Trunk ergeben, rohe Behandlung war ihr Teil. Als er wegen Veruntreuung seine Stelle verloren hatte, blieb ihr nichts übrig, als mit den Kindern zu ihren Eltern zurückzukehren.

In Wilkenau erklangen die hellen Hochzeitsglocken. Pastor Becker hielt dem jungen Paar eine schöne Traurede. Auf Wilhelms Wunsch mußte er die Worte zum Text nehmen, die für dessen Leben so vielbedeutend gewesen. Die Leute aber im Dorf sagten: »Das ist ein Brautpaar, wie es der Herr Pastor haben will. Schön ist es auch so.«

Ein fröhliches Mahl vereinigte alle Hochzeitsgäste im Herrenhause zu Tannengrün. Glück und Freude strahlte aus aller Augen, besonders aus denen des Brautpaars.

Was war aber das für ein Mütterchen, das neben Wilhelm saß, und zu dem er besonders freundlich redete, und das der Mine, über Wilhelm weg, immer wieder die Hand reichte und sie unter Tränen anlächelte? Es war ihre eigene, leibhaftige Mutter, die gestern abend unvermutet angelangt war. Wilhelm hatte das Reisegeld geschickt, und dank den freundlichen Schaffnern, denen sie immer und immer wieder von ihrer Mine erzählte, die sich im Auslande, zwischen den Bergen, verheiraten wollte, war sie nach langer, beschwerlicher Fahrt glücklich gelandet. Nun saß sie da, im Hochzeitsstaat, etwas verlegen zwar, aber wohl geborgen an der Seite des Schwiegersohnes. Minens Herrschaft saß ihr gegenüber, ebenso Pastor Beckers, die übrigen Gäste reihten sich ihnen an. Frau Wilken und ein junges Mädchen, das an Minens Stelle bei Hauptmanns diente, mußten aufwarten, die Wilken hatte sich außerdem ihren Heinrich und Wildes August zu Kellnern bestellt. Die behenden Jungen eigneten sich vorzüglich zu dieser Rolle, sie flogen hin und her zwischen Küche und Speisesaal, um Teller abzusetzen und Speisen herbeizuholen. Heinrich hatte seit einem Jahr Privatstunden bei Pastor Becker, sein heißer Wunsch war noch immer, Lehrer zu werden. Es fragte sich nur, ob die Mittel dazu würden aufgebracht werden können.

Eben war ein fröhliches Hochzeitslied verklungen, da erschienen auf der Schwelle in der Tür des Speisezimmers ein Herr und eine Dame in Reisekleidern.

»Angelika Würden«, rief die Dame, »wachen oder träumen wir? Bedeutet dies Hochzeit oder Jubiläumsschmaus?«

Angelika erhob sich von ihrem Platz, lief auf die Tür zu und sah sich bald in den Armen der Gerichtsrätin Ebert. Der Gerichtsrat aber ging fröhlich auf den Hauptmann zu und rief: »Einsam sind Sie hier nicht, mein lieber Hauptmann, und unglücklich auch nicht, wie ich sehe. Die Wette ist verloren.«

»Ja, gründlich verloren«, rief der Hauptmann. »Sie sehen«, auf die Gesellschaft zeigend, »das Dorf und wir gehören zusammen. Unsere Mine, die bei Ihrem letzten Besuch je eher je lieber davongelaufen wäre, würde jetzt nicht wieder nach Norddeutschland zurück wollen, und wenn Sie ihr Hunderte böten. Damit Sie aber nicht allzu traurig werden ob der verlorenen Wette, nehmen Sie teil an unserem Feste.«

Dies wurde bereitwilligst angenommen und unter großer Heiterkeit nahm das Fest seinen Verlauf. Der Gerichtsrat zahlte seine Wette und das Geld wurde, nachdem mit Pastor Becker Rücksprache genommen war, für Heinrich Wilken, als dem ärmsten des Dorfes, angelegt zur einstigen Befriedigung seines Wunsches.

Wilhelm und Mine wurden ein glückliches Paar. Wenn

auch Mine den Namen »Lickefell« immer noch mäßig fand, so klang die Bezeichnung »die Frau vom Tannenhof« doch sehr schön. Sie wurde eine flinke, rührige Bauernfrau, die Herz und Mund auf dem rechten Fleck hatte. Für die Mutter hatte sich ein ruhiges Stübchen im Tannenhof gefunden, die ließ sie nicht wieder von sich.

Gottesfurcht und Glauben wohnten fortan auf dem Tannenhof. Der Bauer und die Bäuerin wandelten in der Wahrheit. Der Spruch, der über der Eingangstür hing, war mit leuchtender Schrift ihnen ins Herz geschrieben. Er lautete: »Wer aus der Wahrheit ist, der höret meine Stimme.«

Warum es zwei sein mußten?

(Aus dem wirklichen Leben)

Die Bäume standen in voller Blüte. Sie schienen miteinander zu wetteifern, wer es dem andern zuvortun wollte. Hübsch waren sie alle in ihrem Festkleide, die Kirschbäume mit ihrem weißen Blütenmeer, die Birnen mit ihren üppigen Blättern, aber am schönsten noch nahm sich der große, prächtige Apfelbaum aus mit seinen schwellenden Knospen und angehend rosig angehauchten Blüten. Er streckte seine vollen Äste weit von sich, gleichsam im Bewußtsein seiner Schönheit, wie wenn er ahnte, daß die Frau Pfarrerin zu Rosenhagen, in deren Reich er gehörte, alle Tage sein Lob sang. Jeden Tag ging sie durch den Garten und rief: »O du wonnige, schöne Frühlingszeit!« Und dann klang es oft von den Lippen: »Ich selber kann und mag nicht ruhn, des großen Gottes großes Tun erweckt mir alle Sinnen. Ich singe mit, wenn alles singt, und lasse, was dem Höchsten klingt, aus meinem Herzen rinnen.«

Auch heute stand die Pfarrerin da in frohen Gefühlen. Plötzlich aber schien ihr ein Gedanke zu kommen. »Rike«, rief sie dem eben durch den Garten gehenden Mädchen zu, »komm schnell, wir wollen Bank und Tisch aus der Laube unter den Baum setzen, der Tag könnte nicht schöner sein.« Rike lächelte. Sie wußte: einmal mußte die Frau Pfarrerin ihren Kaffee unter blühenden Bäumen trinken, sonst verschmerzte sie es das ganze Jahr nicht. Schnell war das Nötige herbeigeholt, und als zum Schluß die Kaffeekanne erschien, da ging die Hausfrau schnellen Schrittes den Gartensteg hinunter und rief zu einem offenstehenden Fenster des Pfarrhauses hinein: »Friedrich, was vergräbst du dich in Bücherstaub und Stubenluft, komm zum Kaffee: unter dem Apfelbaum ist alles bereit.« Dann ging sie zurück, um dem Eheherrn alles, wie er es gerne hatte, zu bereiten. Sie war eine hübsche Frau, schlank und doch von kräftiger Gestalt, die muntern blauen Augen schauten fröhlich in die Welt. Sie gehörte nicht zu den schwärmerischen Naturen, wiewohl sich eine große Tiefe des Gemüts bei ihr fand. Mit sicherer, kundiger Hand führte sie den Haushalt; überall, wohin man sah, herrschte Sauberkeit, ja peinliche Genauigkeit, wie man sie sehr oft da findet, wo ein Haus nicht mit Kindern gesegnet ist. – Gab es denn in dem prächtigen Pfarrhaus, das mit dem weinumrankten Giebel vor uns liegt, keine Kinder?

Wir müssen die Frage einstweilen unbeantwortet lassen, denn eben tritt der Pfarrherr unter den Apfelbaum, und seine Gattin ruft entzückt: »Sieh, Friedrich, ist das nicht köstlich? Wird dir nicht ganz hochzeitlich zumute? Ist es nicht, als ob die schöne Zeit der ersten Liebe wieder da sei?«

»Ja doch, ja«, sagte der ernste Pfarrherr lächelnd und fügte hinzu: »Gib mir nur schnell ein Vesper, ich habe eine höchst interessante Arbeit, die ich gern heute noch beendigen möchte.«

»Aber Friedrich«, schmollte die Gattin mit vorwurfsvoller Miene, fiel aber gleich wieder mit fröhlichem Tone ein: »Nein, heute darfst du mir nicht entschlüpfen, die Zeit der Baumblüte ist so schnell vorüber. Sieh nur«, fuhr sie nach einer Weile fort, während er behaglich seinen Kaffee trank und schweigsam die gestrichene Semmel dazu verzehrte, »sieh nur, Friedrich, das Rotkehlchen, wie es sein Schnäbelein wetzt, und da ruft der Kuckuck, hörst du ihn? Frühlingsleben in der Natur, wohin man sieht. Friedrich, du sagst aber auch gar nichts, freust du dich denn nicht über all die Wonne? Betrachte einmal den Apfelbaum über dir, sahst du je etwas Schöneres?«

Der Pfarrer mußte wohl seine Gedanken bei der Arbeit

auf dem Schreibtisch gelassen haben. Bei der letzten Frage jedoch, die durch energisches Schütteln am Ellbogen unterstützt wurde, sah er sein Frauchen freundlich an und sagte: »Ich muß offen gestehen, der Apfelbaum erfreut mich im Herbst noch mehr, wenn er uns seinen Segen spendet, wenn seine Zweige sich unter der Last der rotwangigen Früchte zu Boden senken.«

»Du materieller Mensch!« rief sie fast erzürnt. »Dein poetisches Gemüt geht wirklich unter in der dumpfen Arbeitsstube. Du müßtest mehr herausgerissen werden, müßtest mehr Ablenkung haben. Dir fehlen –«

Sie hielt plötzlich inne. Ihr Gesicht nahm einen schwermütigen Ausdruck an, eine leise Wehmut leuchtete aus den sonst munteren Augen. Sie seufzte und griff zu ihrem Strickstrumpf. Dieser Seufzer aus dem Munde seiner fröhlichen Gattin erweckte den Pfarrer mehr als alles andere aus seinem Sinnen. »Ein Seufzer, Elisabeth? In dieser schönen Frühlingszeit, unter deinem Lieblingsbaum?«

Sie schmiegte sich an ihn, Tränen glänzten in ihren Augen. »Friedrich«, sagte sie, »du denkst, ich bin immer fröhlich, aber es gibt Stunden, in denen ich recht traurig sein kann. Ich zeige es dir nur nicht, aber ich weiß recht gut, daß derselbe Schmerz durch deine Seele geht. Es ist alles so wunderschön, wir haben uns lieb, wie sich nur zwei Menschen lieben können, nun, nach zehn Jahren der Ehe noch ebenso, oder wenn es sein könnte, noch mehr als damals, als wir den Bund schlossen. Doch das größte Glück hat Gott der Herr uns versagt, wir haben keine *Kinder.*«

Jetzt ließ sich auch bei ihm ein leiser Seufzer vernehmen. »Siehst du, du seufzest auch«, fuhr sie fort. »Es ist dir ebenso schwer wie mir, warum haben wir es uns nie gestanden? Für dich wäre es viel besser, wenn du deine Schar hättest, die dich deinem Arbeitszimmer entführte.«

»Und für dich, meine liebe Elisabeth, nicht minder. Du fängst an, kleinlich genau zu werden, kein Stuhl darf einen Strich über die ihm angewiesene Grenze hinaus, keine Decke darf verschoben werden; ein Fleck in der Stube macht dich unglücklich, es herrscht in unsern großen Zimmern eine peinliche Ordnung.«

»Sage lieber, eine Öde und Leere, die drückend ist«, fügte Elisabeth hinzu. »Wenn der Neffe Willi nicht mitunter käme und Leben in unsere Stille brächte, wäre es unerträglich.«

»Hast du deine Schwester gebeten, uns ihr Söhnlein für die Pfingstferien zu schicken?«

»Ja, er kommt und bleibt acht Tage. Wenn die Zeit um ist, wird's wieder still, und die Leere macht sich nach seinem Besuch doppelt fühlbar.«

»Höre, Elisabeth, wir sollten uns ein Kind *annehmen.* Es wäre eine schöne Aufgabe, ein verwaistes Kind zur Ehre Gottes zu erziehen, ihm Vater und Mutter zu ersetzen.«

In Elisabeths Augen leuchtete es auf. »Das ist der größte Wunsch meines Herzens«, rief sie. »Wie freue ich mich, daß du denkst wie ich. Doch wir dürfen es nicht übereilen.«

»Gott der Herr wird uns das Rechte zur rechten Zeit senden«, erwiderte der Pfarrer ernst. –

Acht Tage später, es war am Dienstag nach Pfingsten, finden wir unsere Pfarrersleute beim Frühstück. Ein dunkeläugiger, braungelockter Junge sitzt mit am Tisch und läßt sich's wohl schmecken. »Tante Elisabeth, darf ich?« fragt er, indem er ein Stück Kuchen faßt und sie bittend ansieht. Ein freundliches Kopfnicken, und das Stück ist schon in Angriff genommen, um bald spurlos zu verschwinden. Elisabeth greift nach der eben gekommenen Zeitung, die sonst der Herr Gemahl zuerst beansprucht. Aber er ist heute wieder einmal in ein gelehrtes Buch vertieft, und wenn er ein solches schon morgens mitbringt, dann ist er für seine Frau verloren. Sie trägt ihr Geschick mit Würde; denn sie hat den zehnjährigen Willi, mit dem sich schon ganz vernünftig plaudern läßt. Jetzt, wo der Junge Kuchen ißt, nimmt sie die Zeitung, wenig ahnend, von welcher Bedeutung das heutige Blatt für sie sein soll. Sie wendet um, ihr Blick fällt auf eine groß gedruckte Anzeige. »Sollte ein christliches Haus bereit sein, ein oder zwei Waisenkinder aufzunehmen, so bittet man sich zu melden in M., Bergstraße 30, II.«

»Friedrich!« rief Elisabeth. Doch als sie aufsah und ihn in sein Buch vertieft fand, schien sie sich plötzlich eines andern zu besinnen. Sie faltete die Zeitung zusammen, legte dieselbe in ihren Schlüsselkorb, verließ das Zimmer, durchschritt den langen Flur und öffnete am Ende desselben eine Tür, die in ein kleines Zimmer führte, das ihr besonderes Eigentum war. Hier hatte sie ihren Schreibtisch, ihre Erinnerungen aus den Mädchenjahren. Hierher zog sie sich zurück, wenn etwas Wichtiges ihre Seele erfüllte, wenn es einen Kampf zu kämpfen gab, wenn sie mit ihrem Gott allein sein wollte. Sie verharrte lange in tiefem Schweigen; was ging in ihr vor? Sie nahm die Zeitung, las noch einmal die Anzeige, faltete dann ihre Hände und betete leise: »Herr, mein Gott, ist es Dein Wille, so laß alles wohl gelingen!«

Ein Klopfen an der Tür schreckte sie auf. »Wer ist da?«

»Tante, ich bin's«, rief ein feines Stimmchen durchs Schlüsselloch, »ich habe dich schon durchs ganze Haus gesucht.«

Sie öffnete die Tür. »Wo ist der Onkel, Willi?«

»Er ist mit seinem Buch ins Studierzimmer gegangen. Er sagte, ich solle ihn heute morgen nicht stören.«

Erleichtert rief Elisabeth: »Das ist gut; Willi, denke ja daran, und laß den guten Onkel in Ruhe! Lauf jetzt schnell einmal zu Kantors und bringe ihnen die Zeitung!«

»Der Onkel hat sie noch nicht gelesen.«

»Er darf sie heute nicht lesen; tue, was ich dir gesagt, und komm schnell wieder, ich will dir etwas anvertrauen.« In kaum fünf Minuten war der Junge wieder da. »Willi, komm mit mir in den Garten; was ich dir zu sagen habe, ist so etwas Wunderschönes, daß es im Garten unter Gottes freiem Himmel geschehen muß.«

Und als sie nun mit dem Knaben im Garten war, vertraute sie ihm an, daß sie zum Dreieinigkeitsfest, Onkels Geburtstag, eine große Überraschung vorhabe. Sie denke, er könne ihr etwas helfen in der Sache, wenn er vorher versprechen wolle, zu schweigen.

»Ich bin ja ein Junge, Tante. Jungens plaudern keine Geheimnisse aus. Du kannst mir alles ruhig sagen.« Nun offenbarte sie ihm, daß in der großen Stadt M. ein kleines Waisenkind sei, das Vater und Mutter verloren habe. Da der liebe Gott dem Onkel und ihr keine Kinder geschenkt, so wolle sie hinreisen, es holen und es dem Onkel zum Geburtstag schenken. »O, das ist schön«, rief Willi vergnügt. »Gewiß ist es ein Junge, und hoffentlich ist er schon so groß, daß er Pferd mit mir spielen kann. Tante Elisabeth, du bist wohl so gut und gibst uns eine Leine, du hattest gestern ein schönes rotes Band, was gerade passen würde.«

»Kind, sei still und schwatz nicht so viel. Das wird sich alles finden. Die Hauptsache ist: ich muß Sonnabend nach M. reisen, um das Waisenkind zu holen. Du aber mußt den Onkel recht schön unterhalten, damit er nicht viel fragt, wo ich bin. Er soll gänzlich überrascht werden. Nun lauf, Willi, und laß dir nichts anmerken.«

Er drückte die Tante vor Vergnügen und sprang davon, um sich in der ländlichen Freiheit nach Herzenslust zu tummeln.

In Elisabeths Herzen aber war eine Freude aufgegangen, die sich verklärend über ihr ganzes Wesen breitete. Sie verrichtete ihre Arbeit singend, war geduldig und freundlich gegen Rike, die, noch jung, der strengen Zucht bedurfte und gewöhnlich einmal jeden Tag Schelte bekam, unzählige kleine Rügen ungerechnet. Ihren Gatten ließ sie ungestört, sie wollte sich in diesen Tagen den Zwang auferlegen, möglichst wenig mit ihm zusammenzukommen, damit er gar nichts von der bevorstehenden großen Überraschung merke. Schwer war es, denn sie war eine offene Natur, der alles gleich auf dem Gesicht zu lesen war, und ihr Gatte verstand es sonderlich, ihre Herzensgedanken zu ergründen. So geschah es auch, daß er, als er zum Mittagessen hereinkam und ihr strahlendes Gesicht sah, sie prüfend anblickte und freundlich sagte: »Du hast gewiß etwas sehr Angenehmes erlebt, Elisabeth?«

»Weißt du nicht, daß am Sonntag dein Geburtstag ist, lieber Mann? Das macht mich heute schon glücklich«, erwiderte sie und streichelte ihm die Wange. »Wünsche dir einmal etwas recht Schönes!«

»Was ich mir wünschte, kannst du mir doch nicht geben.«

Sie schwieg, innerlich beglückt; denn sie wußte, was er sich wünschte, wollte aber um keinen Preis verraten, daß die Erfüllung seines Wunsches so nahe war. Nach dem Essen sah der Pfarrer sich suchend im Zimmer um. »Wo in aller Welt ist denn heute die Zeitung? Ich habe schon heute morgen, als du im Garten warst, das ganze Haus durchsucht, hast du sie verlegt?«

Elisabeth wurde rot; aber unfähig eine Unwahrheit zu sagen, gestand sie, daß sie Willi damit zu Kantors geschickt habe. Er solle nur heute die Zeitung lassen und schlafen nach der anstrengenden Arbeit. Er ging still zur Tür hinaus, wer aber beschreibt ihren Schreck, als sie ihn draußen rufen hörte: »Rike, hol mir die heutige Zeitung, sie ist aus Versehen zu früh fortgeschickt.« Nach fünf Minuten kommt Rike zurück, hat aber, wie Elisabeth bemerkt, nichts in der Hand. Sie geht ihr entgegen. »Frau Kantorin läßt tausendmal um Entschuldigung bitten, ihr alter Vater hat heute Morgen, als er in die Stadt gegangen, die frische Zeitung statt einer alten genommen, um seine Weste, die zum Schneider sollte, hineinzuwickeln. Sie sollten nur nicht böse sein, Frau Kantorin täte es sehr leid.«

»Sag's meinem Mann, Rike«, sagte Elisabeth, aufs höchste befriedigt. Rike, die sich schon auf einige Scheltworte der ordnungsliebenden Frau gefaßt gemacht hatte, sah erstaunt in das freundliche Gesicht ihrer Herrin und ging. Als sie zurückkam, fragte Elisabeth gleichgültig: »Was sagte mein Mann?«

»Herr Pfarrer meinte, es könne nichts helfen, er müßte sich auf die morgige Zeitung vertrösten.«

Diese Gefahr war also beseitigt. Elisabeth richtete sich nun mit ihrer Arbeit so ein, daß sie den Sonnabend frei bekam; das Schwerste aber war, dem Gatten auf gute Weise beizubringen, daß sie eine kleine Reise vorhabe. Sie war stets mit ihrem Gemahl zusammen und hatte mehr als einmal erklärt, eine Reise ohne ihn sei ihr keine Freude; wie sollte sie ihr Verschwinden ihm begreiflich machen?

Der Kuchen wurde zu Rikes Erstaunen schon am Freitag gebacken, auch die gründliche Reinigung der Zimmer geschah unter ihrer Aufsicht schon an diesem Tage. Als der Hausherr dazukam und sich mißliebig äußerte, daß es nun zwei statt einen Putztag in der Woche gäbe, ergriff sie diese Gelegenheit und sagte mit schlauer Freundlichkeit: »Friedrich, morgen sollst du zur Vorfeier deines Geburtstages einen ganz stillen Sonnabend haben.«

»Das ist ja köstlich, etwas nie Dagewesenes.«

»Dafür aber werde ich«, fuhr sie mutiger fort, »von früh bis Abend unsichtbar für dich sein.«

»Was hast du denn vor? Deine Gegenwart entbehre ich nicht gern, das weißt du.«

»Sage nichts, frage nichts, lieber Friedrich. Ich muß eine kleine Reise machen zu deinem Besten, sei überzeugt...«

»Daß meine liebe Frau nichts ohne Überlegung tun wird. Ich kenne jemand, der oft schöne Gedanken schnell ausführen will und...«

»Friedrich, es ist wirklich etwas Schönes, was du bekommst. Aber um 6 Uhr muß ich am Bahnhof sein.«

»Einen ganzen Tag brauchst du zu deinen Einkäufen«, sagte er bedenklich. »Denke daran, daß wir nicht reich sind, und überlege...«

»Ist alles überlegt. Rike kocht dir dein Lieblingsessen, den Willi hast du zur Gesellschaft; es muß einmal gehen ohne deine Frau.« Er sah sie an, lächelte und ging kopfschüttelnd in seine Stube.

Willi, der sich von Rike hatte wecken lassen, begleitete die Tante an den Bahnhof. »Nun, mein guter Junge, sei recht brav, verrate dem Onkel nichts! Er hat seine Predigt zu machen und wird bis Mittag zu tun haben. Heute abend 8½ Uhr denke ich zurückzukommen, dann kommst du mit Rike an den Bahnhof. Du sagst ihr, aber erst kurz vorher, daß sie den kleinen Handwagen mitbringt. Rike ahnt nichts; denn hätte ich ihr etwas gesagt, wüßte es jetzt bereits das ganze Dorf.«

»Tante, der Junge wird doch laufen können?«

»Ich weiß es gar nicht. Ich möchte auch, es wäre ein größeres Kind – doch still! Am Bahnhof wird nicht davon gesprochen.«

Vom Wagen aus flüsterte sie Willi noch einmal zu: »Sei verschwiegen!« Dann fuhr sie davon. Jetzt atmete sie auf. Gott sei Dank, daß es soweit war! Nun mit ihren Gedanken allein, konnte sie sich in Ruhe alles zurechtlegen. Aber gerade die äußere Ruhe erhöhte die innere Unruhe. Es stiegen allerlei Zweifel auf, ob sie recht tue, ohne Wissen ihres Mannes, ohne mit ihm Rücksprache genommen zu haben, diesen wichtigen Schritt zu unternehmen. Aber es sollte ihm ja eine Überraschung und Freude sein! Wie aber, wenn er sich nicht freute? Wäre es überhaupt nicht richtiger gewesen, sie hätte erst an die richtige Adresse geschrieben und nähere Erkundigungen eingezogen? Daran hatte sie nicht gedacht; aber es konnte nun alles nicht helfen. Sie mußte die Sache, welche sie angefangen, zu Ende führen, und Gott der Herr würde, so hoffte sie, Seinen Segen dazu geben.

An demselben Tage, an welchem unsere Geschichte begonnen hat, waren die Fenster eines Hinterstübchens in der Stadt M., Bergstraße 30, weit geöffnet. Die schöne, warme Frühlingsluft drang voll hinein und erleichterte in etwas das Atmen einer schwerkranken jungen Frau. An ihrem Bett saß eine Frau mit tiefbetrübten Mienen. Sie hatte die schmale Hand der Kranken erfaßt und sah ihr in das blasse Angesicht, auf das schon der Stempel des Todes gedrückt war. Auf dem Fußboden spielten zwei kleine Mädchen, das eine mochte 2½ Jahre alt sein, das andere etwas über ein Jahr. Das größere warf der kleinen bunte Kugeln zu, welche die letztere laut jauchzend mit ihren kleinen Händchen packte, um sie dann wieder von sich zu werfen. Beim jedesmaligen Aufjauchzen der Kinder zuckte es schmerzlich über das Gesicht der Kranken. Gestern hatte sie noch mit der geliebten Schwester über alles sprechen können, heute vermochte sie nur einzelne Worte herauszustoßen. Jetzt wollte sie etwas sagen, die Schwester sah es und beugte sich zur ihr hinab. »Die Kinder – sollen *zusammenbleiben* – sollen – nicht getrennt werden. – Versprich es mir, Dora, daß du dafür sorgen willst – es ist mein letzter Wunsch auf Erden.«

»Beruhige dich, Luise, ich will tun, was in meinen Kräften

steht«, sagte Dora unter Tränen und küßte die mageren Hände der Kranken.

»Herr, erbarme Dich über meine Kleinen, Herr – erbarme Dich!« tönte es leise von den Lippen der Kranken. – »Und es soll geschehen, ehe sie rufen, will ich antworten, wenn sie noch reden, will ich hören«, spricht der Herr. – Am folgenden Abend hauchte die Kranke ihr Leben aus, und die Schwester sah sich mit den Waisen allein. Wie gern sie selbst sie an ihr mütterliches Herz genommen hätte, wußte nur Gott allein. Aber sie hatte eine zahlreiche Familie, sie und ihr Mann hatten mit der Not des Lebens zu kämpfen. Sie mußte Mathilde und Dorothee, die Kinder ihrer Schwester, der Barmherzigkeit anderer überlassen.

Das Begräbnis war vorüber und alles Äußere soweit geordnet. Nun kam die Hauptsache, die Kinder unterzubringen. Der Vormund hatte eine Anzeige in die Zeitung rücken lassen, schon hatten verschiedene kinderlose Ehepaare schriftlich oder mündlich Erkundigungen eingezogen. Es war am Sonnabend vor Trinitatis. Frau Dora Müller stand traurig am Fenster mit dem kleinen Dorchen auf dem Arm, die größere war mit ihrer Puppe beschäftigt. Da rollt ein eleganter Wagen vor. Ein Diener springt vom Bock und öffnet die Tür der Kutsche, eine vornehme Dame steigt aus. Bald darauf klopft es, und die Dame rauscht ins Zimmer.

»Sind hier die in der Zeitung ausgebotenen Waisenkinder?« Frau Müller nickte und die Dame fuhr fort: »Ah, da sind sie. Welche ist denn die hübschere? Hübsch sind sie alle beide nicht, das hätte ich mir anders gedacht. Sind sie gesund?« Sie befühlte der größeren die Arme: »Haben sie kräftige Glieder?« Tilli, die sich anfangs scheu vor der fremden Dame zurückgezogen hatte, begann bei dem Herumtasten auf dem kleinen Körper zu weinen. »Wer wollte denn eine solche Schreipuppe sein?« rief die Dame verdrießlich. Sie meinte dann, zu Frau Müller gewandt, die Kinder seien wohl etwas verwahrlost, solch Geschrei sei ein Zeichen von wenig Erziehung. Dann fragte sie rücksichtslos, an welcher Krankheit die Eltern gestorben, ob es etwas Ansteckkendes gewesen, ob die Kinder reinlich gewöhnt seien usw., so daß der armen Frau Müller die Tränen in die Augen traten und sie es wie eine Erlösung ansah, als es von neuem klopfte. Die Dame, die jetzt eintrat, wir kennen sie, hatte ein freundliches, wohlwollendes Gesicht; sie sah aus, als ob sie mütterliche Gefühle haben könnte. Sie verneigte sich gegen die fremde Dame und reichte, schnell die Sachlage erratend, der Frau Müller die Hand.

»Man ist mir wohl zuvorgekommen in betreff des Kindes, oder wären Sie geneigt, mir von den lieben Kleinen, die ihrer Eltern beraubt sind, eins anzuvertrauen?« fragte sie mit teilnehmender Stimme.

»Ich werde mir die Sache überlegen«, sagte die erstgekommene Dame von oben herab. »Wenn ich mich entschließe, nehme ich entschieden die ältere, mit kleinen Armkindern lass' ich mich nicht ein.« Frau Müller zuckte nur die Achseln und die Dame rauschte hinaus mit den Worten: »Ich werde heute abend bestimmten Bescheid geben.«

Als die Tür sich geschlossen, hatte Frau Müller noch so viel Kraft, die Frau Pfarrerin zum Sitzen zu nötigen. Dann brach sie in einen Tränenstrom aus. Elisabeth ließ ihr Zeit zum Ausweinen. Sie nahm ihr die kleine Einjährige aus dem Arm; wunderbarerweise schmiegte sich die Kleine an sie an und legte ihr Ärmchen um ihren Hals. Nach einiger Zeit faßte sich Frau Müller. Nachdem Elisabeth ihren Namen genannt und ihr Anliegen vorgebracht hatte, gestand sie ihr dann, welch einen furchtbaren Kampf es sie koste, die Kinder ihrer innig geliebten Schwester nicht mit nach Hause nehmen zu dürfen. Doch sie habe selber sieben; das jüngste sei ein halbes Jahr alt und ihre Verhältnisse seien so traurig, daß ihr Mann, der Landwirt sei und unglückliche Jahre gehabt habe, zur Zeit noch nicht wisse, ob er, da die Pachtjahre abgelaufen seien, den Vertrag werde erneuern können. Mit den Geschwistern sei es ein außerordentlich trauriger Fall gewesen. Ihr Schwager sei Lehrer am Gymnasium gewesen. Ein kräftiger, blühender Mann, sei er plötzlich vom Typhus ergriffen worden und sei in der Blüte seiner Jahre dahingerafft worden. Ihre Schwester immer zart und kränklich, sei, durch die Pflege angesteckt, selbst erkrankt, doch habe die Krankheit bei ihr einen mehr zehrenden Charakter angenommen. Sie habe sich mit äußerster Gewalt dagegen gestemmt, bis sie nicht mehr Widerstand habe leisten können. Sie selbst habe es ermöglicht, die letzten vierzehn Tage zu ihrer Pflege zu kommen, wiewohl sie schwer von Hause abkommen könne und möglichst bald zurück müsse. Aber sie wolle und könne die Kinder nicht leichten Kaufs dahin geben, sie müsse überzeugt sein, daß die armen Kleinen wirklich Elternliebe und christliche Erziehung fänden.

»Beides wollen wir, mit Gottes Hilfe, dem Kinde, das wir annehmen, zuteil werden lassen«, sagte die Pfarrerin ernst.

»Ich muß freilich einen Irrtum berichtigen«, versetzte Frau Müller, »der in der vom Vormund aufgesetzten Anzeige geschehen ist. Es ist darin nicht erwähnt worden, daß beide Kinder nach ausdrücklichem Wunsch der Verstorbenen **nicht** getrennt werden sollen.«

Ein jäher Schreck durchzuckte die Frau Pfarrer. »Sie wollen damit sagen, daß ich gezwungen bin, alle beide zu nehmen?«

»Gezwungen gar nicht, verehrte Frau. Es muß freiwillige Liebe sein, die Sie bestimmt.«

»Sie begreifen, daß das der Überlegung, großer Überlegung bedarf. Ich würde es, was mich anbetrifft, wagen. Aber mein *Mann!* Er ist gar nicht an Kinder gewöhnt, und nun gleich zwei auf einmal!« Ihr Gesichtsausdruck zeigte wechselnd Zweifel, Sorge, Ratlosigkeit, Teilnahme. Unschlüssig stand sie da.

»Wenn ich nur wüßte, was ich tun soll«, unterbrach Frau Müller das Stillschweigen. »Sie sind die erste unter allen Bewerberinnen, der ich die Kinder ohne Bedenken anvertrauen würde. Aber Sie begreifen, wenn ich Ihnen eines der lieben Kinder hingebe, daß ich mich unmöglich entschließen kann, das andere in die Hände jener Dame zu überliefern, auch wenn sie es, wie sie sagt, in Samt und Seide kleiden kann.«

Elisabeth nickte verständnisvoll. Sie sah die unschuldigen Kleinen, die wieder vergnügt auf dem Boden spielten, mitleidig an und sagte: »Die ältere will ich nehmen. Aber die Kleine – – wissen Sie, es erfordert viele Mühe, ein so kleines Kind aufzuziehen.«

»Ohne Mühe ist es freilich nicht«, versetzte Dora seufzend.

»Ich will es mir überlegen«, sagte die Pfarrerin ernst und stand auf. »Heute nachmittag komme ich wieder.«

»Verehrte Frau«, nahm Dora entschlossen das Wort, »der Wunsch meiner sterbenden Schwester tritt mir lebendiger denn je vor die Seele. Wenn Sie sich nicht entschließen können, meine beiden Lieblinge in Ihr Haus aufzunehmen, müssen wir davon absehen. Es ist für die kleinen Schwestern gedeihlicher, sie bleiben zusammen.« Elisabeth entgegnete, daß sie das vollständig einsehe, aber sie könne es nicht ohne ihres Mannes Zustimmung, worauf Dora meinte, wenn sie beide einig gewesen seien, eines der Kinder zu nehmen, würde der Herr Pfarrer sein Herz auch gegen das zweite nicht verschließen. Elisabeth schwieg. Sie konnte es nicht sagen, daß ihr Gatte nichts ahnte, und verließ das Haus.

Ein höchst unbehagliches Gefühl kam über Elisabeth. Da stand sie nun in der fremden Stadt, unschlüssig und ratlos. »In meinem Leben will ich nichts wieder ohne meinen Mann unternehmen, nie wieder solche Überraschungen vorbereiten. Die Reise ist ganz nutzlos, mit zwei kleinen Würmern kann ich ihm nicht unter die Augen treten, noch dazu mit zwei Mädchen. Er würde sich sicher einen Knaben gewünscht haben! Wenn nur wenigstens eines der Kinder ein Junge wäre!« So wogten die Gedanken hin und her. Sie sah sich in der Straße um. Lauter fremde Gesichter, die achtlos vorübereilten und wenig ahnten, welchen Kampf sie innerlich zu bestehen hatte. Abzureisen ohne die Kinder, schien ihr auch unmöglich, das ließ ihr weiches, mütterliches Herz nicht zu. Jetzt stand sie vor einem Laden, in dem fertige Kinderkleider zum Verkauf hingen. Konnte es etwas Reizenderes geben, als diese blauen Trikotkleidchen? Ohne sich zu besinnen, stand sie am Ladentisch. Der Kaufmann brachte zuvorkommend Kleider von allen Farben und weißgestickte Schürzen dazu. »Sehen Sie, gnädige Frau, das ist etwas Ausgezeichnetes. Für ein dreijähriges Kind würde dies passen, dies da ist etwa für eine kleine Einjährige.« Er hielt das kleinste Kleid, das mit seidenen Schleifen verziert war, verführerisch nahe. Die Kinder, die zwar ordentlich aber notdürftig gekleidet waren, müßten entzückend in diesen Anzügen aussehen. Sie stand lange sinnend da. »Wünschen gnädige Frau oder nicht?« sagte der Kaufmann und trippelte ungeduldig mit den Füßen. »Ich kann mich noch nicht entschließen, ich komme vielleicht wieder«, sagte Elisabeth rot werdend. Der Kaufmann verbeugte sich stumm, und sie verließ das Lokal. Sie ging die Straße zu Ende und betrat die Anlagen. Wie würde sie sich sonst über die Frühlingspracht im Stadtpark gefreut haben! Goldlack und Hollunder gab es in verschwenderischer Fülle, balsamische Düfte erfüllten die Luft. Sie sah und merkte von dem allem nichts. Unruhig ging sie die Kieswege auf und ab, bis ein altes Mütterchen, das sie eine Zeitlang teilnehmend beobachtet hatte, mitleidig fragte: »Gute Dame, haben Sie etwas verloren?« – Sie schüttelte den Kopf, nickte dem Mütterchen freundlich zu und ging dann tiefer in die Anlagen hinein, um weniger von Menschen gesehen zu werden. Dort, unter schattigem Gebüsch, ließ sie sich auf eine Bank nieder und kämpfte den Kampf weiter. »Leichtsinnig ist es von mir gewesen, eine so ernste, wichtige Sache allein auf mich genommen zu haben, im höchsten Grade leichtsinnig.« Sie malte mit dem Schirm Kreise in den Sand, erst ganz langsam, dann immer mehr, immer heftiger. Dann stand sie auf und sah nach der Uhr. Mittag war vorüber, bis zum zwei Uhr mußte der Entschluß gefaßt sein. Denn – nahm sie die Kinder, gab es bis zur Abfahrt des Zuges vollauf zu tun. »Wäre nur Friedrich hier und könnte mir raten!« seufzte sie wieder. »Ob er sich wirklich freuen wird, wenn ich ihm plötzlich mit zwei kleinen Kindern unter die Augen trete? Ach Herr, mein Gott, zeige Du mir, was ich tun soll!«

Da kam etwas herangerauscht. Als sie aufsah, war es die Dame, welche sich mit ihr die Kinder angesehen hatte. »Sieh da, meine Liebe«, rief sie, die Pfarrerin wiedererkennend. »Ich sah die schönen Anlagen und ließ meinen Wagen warten, um mich ein wenig zu ergehen. Sind Sie entschlossen, eins der Kinder zu nehmen? Dann wählen Sie nur das kleinere, ich werde mir das größere holen. Sie hat ein gescheites Gesicht – und mein Mann wünscht es einmal. Ich mache mir weniger aus Kindern, doch gibt es Erzieherinnen und Kinderfräulein genug, welche uns die Mühe abnehmen.«

»Die Erziehung liegt meiner Meinung nach hauptsächlich

in den Händen der *Eltern*«, versetzte die Pfarrerin erregt. »Es ist der Wunsch der verstorbenen Eltern gewesen, daß die Kinder eine *christliche* Erziehung erhalten sollten.«

»Moralisch soll das Kind auch bei uns erzogen werden, überspannten Anschauungen aber huldige ich nicht«, war die Antwort. Und nun gab sie kund, wes Geistes Kind sie war. Mit jedem Wort, das sie redete, wurde es Elisabeth klarer, daß die Kinder in diese Hände nicht fallen dürften, daß sie alles tun müsse, dies zu verhindern. Die Dame schien nicht zu ahnen, daß *ihr,* die alles mit Geld erreichen konnte, überhaupt Widerstand geleistet werden würde; sie nahm an, daß Frau Müller hochbeglückt sein müsse, wenn sie eins der Kinder zu dem ihrigen erkor. Elisabeth sprach wenig, die Dame ließ sie nicht zum Wort kommen; nur als sie gegangen war und ein schnell davon fahrender Wagen ihr gänzliches Verschwinden bekundete, da atmete unsere Frau Pfarrerin auf. Es war, als ob eine Stimme zu ihr spräche: »Wer ein solches Kind aufnimmt in meinem Namen, der nimmt mich auf.« – Ja, im Namen des Herrn, der gesagt hat: »Lasset die Kindlein zu Mir kommen!« soll es geschehen. Sie betete aus Herzensgrund, und unter dem Gebet ward es still in ihr. Mit den Worten: »Er führet mich auf rechter Straße um Seines Namens willen«, eilte sie der Stadt zu. Der Kampf war vorüber.

Sie lenkte zunächst ihre Schritte zu dem vorhin erwähnten Laden. »Ich wußte, daß Sie wiederkommen würden, gnädige Frau«, sagte der Kaufmann befriedigt. »Sie werden es anderswo nicht besser gefunden haben, denn ich führe die beste Ware.« Sie waren bald handelseinig. Zwei reizende Kleidchen, neue Schürzen und andere Kleinigkeiten wurden zusammengepackt, und nachdem Elisabeth in einem nahen Gasthof etwas Speise zu sich genommen und ein wenig geruht hatte, begab sie sich auf den Weg, der für ihr ganzes

Leben von Wichtigkeit war.

Abends gegen 5½ Uhr saß sie mit den beiden Kindern in der Eisenbahn. Frau Müller stand da mit verweintem Angesicht. Es waren schwere Stunden gewesen, aber sie hatte die Beruhigung, die Kinder in guten Händen geborgen zu wissen. Die Sache mit dem Vormund hatte sich schnell erledigt, alles andere Geschäftliche, im Fall der Adoption, konnte ihr Mann später besser ordnen, als sie es vermochte. Die Kleinen nickten der Tante zu und machten Kußhändchen. Dorchen saß ganz vergnügt auf dem Schoß der fremden Mutter. Aber kaum war der Zug davongebraust und Frau Müller aus dem Gesicht, erhoben die Kinder beide ein Zetergeschrei. Die Mitreisenden rückten ungeduldig hin und her, eine gegenübersitzende Frau hielt der kleinen Mathilde ein Stück Zucker hin, das diese ihr aus der Hand stieß und dabei kläglich rief: »Tante, Tante Dora mitkommen, bitte, bitte, liebe Tante mitkommen!«

Die arme Elisabeth war in höchster Not. Sie liebkoste die Kinder und machte sie auf alles Mögliche, an dem sie vorüberfuhren, aufmerksam. Endlich brachte eine Kuhherde, die auf ferner Wiese graste, das Ältere zur Ruhe. Sie begehrte immer wieder aus dem Fenster zu sehen. Die Kleine, durch das Schreien müde gemacht, schlief auf dem Schoß Elisabeths ein. – Ein leichtes Ding hast du, liebe Frau Pfarrerin, dir nicht übernommen!

Zu Hause war's unterdessen ruhiger hergegangen. Der Pfarrer war viel im Studierzimmer, und als er am Nachmittag mit Willi spazieren ging, wurde von Tante Elisabeth wenig gesprochen, so daß der Neffe nicht in Versuchung kam, das Geheimnis zu verraten. Doch war er, wie sich denken läßt, den ganzen Tag in großer Erregung. Dieselbe steigerte sich, als die Zeit der Ankunft des Abendzuges sich näherte.

»Rike, bist du fertig? Wir müssen bald gehen. – Rike, die

Tante meinte, du sollst den blauen Handwagen mitbringen.«

»Was zu tragen ist, trage ich, da brauch' ich einen Wagen nicht«, versetzte Rike hartnäckig.

»Aber die Tante wünscht es. Sie hat es mir aus dem Wagen noch zugerufen. Rike, das Wägelchen muß mit.«

»Meinetwegen«, rief die Köchin verdrießlich. Sie war ärgerlich, daß die Frau Pfarrerin gegen sie so wenig mitteilsam gewesen war. Das ganze Dorf schon hatte sie gefragt, wohin nur die Frau Pfarrerin gereist sei, Müllers Jakob und die Frau Weber hätten sie beide mit dem Frühzug abfahren gesehen. Und Rike, die über alles sonst Auskunft zu geben vermochte, hatte ausweichend antworten müssen; denn zu sagen: »ich weiß nicht«, ging gegen die Ehre.

Als Rike zum Gehen bereit war, fing Willi, durch das mürrische Wesen eingeschüchtert, zaghaft an: »Rike, wir sollen ja ein Bett in den Wagen legen.«

»Das fehlt gerade noch«, platzte das Mädchen in ihrer derben Weise heraus. »Wenn die Frau Pfarrerin einen neuen Rock für den Herrn Pfarrer gekauft hat, oder ein Beinkleid, so packen wir's doch nicht in Betten. Oder ist's was von Glas oder Porzellan? Wenn's freilich ein Spiegel sein sollte, oder sonst Zerbrechliches, da wär's schon gut, wir stopften Betten dazwischen«, meinte Rike; ihre bessere Natur siegte, sie holte das Verlangte, und nun fuhren sie miteinander ab. Der Pfarrer aber stand am Fenster, als das Wägelchen vom Hof rollte, und sah kopfschüttelnd nach. Ihm war das Abholen heute verboten. Er murmelte: »Elisabeth, Frauchen, was hast du vor?«

Willi und Rike standen am Bahnhof, als der Zug einfuhr. »Rike, hierher!« rief die Frau Pfarrerin, als die Türen geöffnet waren. Rike folgte dem Ruf. Anstatt aber zu ergreifen, was die Frau Pfarrerin ihr vorsichtig hinhielt, stand sie da und sperrte Maul und Augen auf. »Schnell,

Rike, nimm mir das schlafende Kind ab und leg' es in den Wagen!« Rike tat, wie ihr befohlen, war aber so erstaunt, daß sie, die allezeit Redefertige, keine Worte fand, ihre Überraschung auszudrücken. Ähnlich erging es Willi. Er hatte die kleine Schlafende gesehen, nun regte sich in der Ecke des Sitzes etwas, ein feines Stimmchen sagte: »Da, kleiner Junge«, und die Tante, die inzwischen ausgestiegen war, hob das kleine Mädchen heraus mit den Worten: »Nun, meine Tilli, sind wir da!«

»Tante«, rief Willi erschrocken, »hast du zwei Kinder mitgebracht? Und so klein!« fügte er unzufrieden hinzu. Er hatte im stillen gehofft, der Wagen möchte unnötig sein. »Und ein *Mädchen*!« fügte er wenig erfreut hinzu. »Aber das ganz Kleine ist doch wenigstens ein Junge?«

»Nein, Willi, es sind beides Mädchen. Mach' es mir doch nicht so schwer!« seufzte die erschöpfte Tante, »hilf mir lieber!« Sie nahm Tilli auf den Arm und trug sie an den Wagen, der außerhalb des Bahnhofs stand. Die Kleine, von Rike weich gebettet, schlief ruhig weiter. Das Mädchen aber schlug die Hände über dem Kopf zusammen, als sie die Frau Pfarrerin mit dem zweiten Kinde nahen sah. »Zwei Kinder! Zwei lebendige Kinder auf einmal!« rief sie, »da wird sich wohl der Herr Pfarrer nicht mehr freuen!«

»Es wird meinem Mann die größte Geburtstagsfreude sein, und nun schweigst und läßt das Wundern sein. Wir müssen handeln.« Sie gab ihr Tilli auf den Arm und stellte Willi an, mit dem Wagen sachte vorauszufahren. Willi, stolz, bei dieser Sache hilfreiche Hand leisten zu können, tat auf einsamem Landwege, was er in der Stadt mit Entrüstung zurückgewiesen haben würde. Die Frau Pfarrerin befehligte dann ihre Hilfstruppen folgendermaßen: »Wir suchen natürlich so leise wie möglich von hinten ins Haus zu kommen! Du, Rike, trägst die Kleine schnell oben hinauf in die Gaststube und bleibst bei ihr, bis ich komme. Du, Willi, führst den Wagen mit der Kleinen in den Ziegenstall.«

»In den Ziegenstall?« rief der kleine Ritter entsetzt.

»Unser Herr Christus ist auch im Stall gelegen, das ist keine Unehre. Tue, was ich dir sage; sobald es irgend geht, hole ich euch heraus.«

Die Fahrt verlief programmäßig. Rike war glücklich oben, Willi war mit dem Dorchen, das erwacht und tüchtig schrie, nur zu gern in den rettenden Hafen des Ziegenstalles eingelaufen. Frau Pfarrerin aber eilte mit großer Selbstbeherrschung zum Gatten, ihn zu begrüßen, verließ ihn jedoch sehr bald, indem sie der Wahrheit gemäß viel Arbeit vorschützte. Er hatte sie blaß und erschöpft gefunden und gesagt: »Elisabeth, du hast dir viel zugemutet.« Recht hatte er, es hätte nicht viel gefehlt, sie hätte sich schluchzend in seine Arme geworfen und alles gestanden. Doch dazu war keine Zeit. Sie eilte, Dorchen, die unter dem schützenden Dach des Ziegenstalles wieder eingeschlafen war, nach oben zu tragen, machte mit Rike ein weiches Bett für die Kinder bereit und wies Rike, die ziemlich verdrossen dreinschaute, an, die Nacht bei den Kindern zu bleiben.

»Du mußt es dir zur Ehre rechnen, Rike, diese Nacht in meinem besten Gastbett schlafen zu dürfen.«

»Ich denke mir, Frau Pfarrer, ich würde in meiner Kammer ebensogut schlafen«, grollte diese halblaut. Elisabeth tat, als ob sie es nicht hörte, sehnte sich aber herzlich nach dem andern Morgen, an dem das Verstecken ein Ende haben würde.

Der Morgen kam nach einer für Elisabeth unruhigen Nacht. Immer wieder lauschte sie nach den Kindern. Da, um 3 Uhr, ein klägliches Weinen. Sie erhob sich leise und eilte hinauf. Rike lag in festem Schlaf. Sie beruhigte die Kinder und blieb in einem Lehnstuhl sitzen. Die Zeit der mütterlichen Selbstverleugnung hatte begonnen. Um 5 Uhr weckte sie die schlaftrunkene Rike, eilte in den Garten, pflückte Blumen, zierte den Geburtstags-Tisch und legte kleine Geschenke auf. Als alles bereit war und sie die Treppe hinauf wollte, um die Kinder anzuziehen, öffnete sich die Schlafstubentür. Der Kopf des Hausherrn wurde sichtbar.

»Elisabeth, es ist kein Tropfen Wasser im Schlafzimmer, ich möchte mich an meinem Geburtstag gern waschen. Auch sind meine Stiefel noch nicht geputzt; wo ist Rike?«

Rike, von Elisabeth zur Rede gestellt, entschuldigte sich nur zu gern, daß sie wegen der Kinderwirtschaft alles vergessen habe. Sie beeilte sich, das Versäumte nachzuholen, während die Frau Pfarrerin ihre lieben Kleinen, die eben erwacht waren, festlich anzog, und sich mit Willi, der schon lange ungeduldig Einlaß begehrt hatte, über sie freute. Letzterer hatte sich nun darein ergeben, daß es keine Jungen waren, und war glücklich, daß die kleinen, drolligen Dinger, wie er sie nannte, so zutraulich gegen ihn waren.

Jetzt war der Pfarrer im Wohnzimmer. Er spielte einige Akkorde und begann das Lied: »Nun lob, mein Seel, den Herren.« Es war das Zeichen, daß die Seinigen sich zur Morgenandacht einfinden sollten. Frau Pfarrer nahm Dorchen auf den Arm, Tilli faßte ihr Kleid und trippelte neben ihr. Willi mußte die Tür öffnen, und als eben der Pfarrer anhob: »Wie sich ein Vater erbarmet über sein Kindlein klein«, trat sie mit den Kindern ein und rief: »Guten Morgen, Väterchen, wir gratulieren! – Unsere Kinder!« fuhr sie tiefbewegt fort, »Gott der Herr hat sie uns geschenkt.« Er sprang auf und sah aufs höchste erstaunt auf die Gruppe. »Freust du dich nicht, Friedrich?« rief die Gattin und spähte ängstlich nach einem befriedigenden Ausdruck in seinem Gesicht.

Er nahm die Brille ab, putzte sie und stotterte: »Ob ich mich – freue? Offen gestanden – – die Freude – – will noch nicht zum Durchbruch kommen. Das Unerwartete erschreckt mich.« Nun hatte er die Brille wieder aufgesetzt und betrachtete die Kleinen. »Es sind wohl Mädchen? Wäre es mit der Ältesten nicht genug gewesen? Die Kleine wird uns viel Not machen, die hätten wir füglich entbehren können. Mußten es denn zwei sein?«

Elisabeth brach plötzlich in bitteres Weinen aus, und die Kleinen, denen es längst unbehaglich war angesichts des fremden, bärtigen Mannes, sahen dies als ein gegebenes Zeichen an, auch ihre Stimmen kläglich zu erheben.

»Da haben wir die Geschichte«, rief der Pfarrer ärgerlich. »Hättest du diese wichtige, ernste Sache zuvor mit mir überlegt – ich will dir keinen Vorwurf machen – aber besser wäre es gewesen, ich wäre ein klein wenig vorbereitet gewesen.«

»Es sollte eine Überraschung sein. Aber ich hatte es mir ganz anders gedacht, – – ganz anders«, schluchzte Elisabeth. »Onkel«, begann jetzt Willi, »es sind so hübsche, kleine Dinger.«

»Vater- und mutterlose Waisen sind es«, sagte Elisabeth schluchzend. »Ich habe gelobt, Mutterstelle an ihnen zu vertreten. Und was mein ist, das ist dein«, fuhr sie mutig fort. »Du bist nun Vater, du magst wollen oder nicht.«

»Ich will mich ja freuen, Vater von zwei lieben kleinen Mädchen zu sein«, sagte er freundlich, aber es kam immer noch gezwungen heraus. »Mußten es denn zwei sein, wär's nicht an einem genug gewesen?«

»Wär's meinem Willen nach gegangen, so hätte ich nur die Ältere mitgebracht. Aber ich mußte beide Kinder nehmen. Gott, der Herr, wollte es so. Warum? Das wird Er uns später offenbaren.«

»Es stimmt zu meinem heutigen Text: ›Unerforschlich sind Seine Wege‹«, sagte der Pfarrer gedankenvoll.

Erst am Nachmittag erfuhr der Pfarrer von Elisabeths

Nöten und Kämpfen, von ihrer Reue, etwas ohne sein Wissen getan zu haben, wie aber nur der Wunsch, ihm Freude zu machen, Beweggrund ihres Handelns gewesen sei.

»Der Zweck ist erfüllt«, meinte er lächelnd. »Ich werde jedenfalls den leichteren Teil bei der Sache haben, du den schwereren. Alle Selbstverleugnung, Arbeit und Mühe fällt dir zu.«

»Will ich gern auf mich nehmen, wenn ich weiß, daß du zufrieden bist.« Und nun gelobten die beiden vor Gottes Angesicht, ihren Elternberuf mit aller Treue, mit der Liebe, die nicht das Ihre sucht, auszuüben. Willi aber rief, als er am nächsten Tage abreiste: »Tante, das waren die schönsten Ferien. Die kleinen Dinger sind zu niedlich. Tilli ist so fein, es ist gut, daß sie ein Mädchen ist. Aber die Kleine mit den munteren Augen sollte doch lieber ein Junge sein!«

Fünfzehn Jahre sind vergangen. Das Pfarrhaus und alle seine Bewohner sind älter geworden, auch die Bäume des Gartens. Aber trotzdem blühen die letzteren in alter Schöne und stehen in ihrem Frühlingsschmuck reich verjüngt da. Zwei junge Mädchen sind im Garten beschäftigt. Die jüngere, kräftigere kniet an der Erde und setzt junge Pflanzen ein, welche die ältere ihr zureicht.

»Nun laß mich einmal, Dorchen, und ruhe dich ein wenig aus«, sagte die siebzehnjährige Mathilde. »Du nimmst immer das Schwerere auf dich und lässest mich gar nichts tun.«

»Tilli, du weißt, daß du dich noch in acht nehmen mußt nach deiner Krankheit! Das Bücken wird dir schwer, und der feuchte Erdboden schadet dir. *Mir* tut's nichts«, sagte sie, sprang auf, klopfte sich die Erde von der Schürze und holte die Gießkanne, um das eben Gepflanzte zu begießen.

»Dann will ich wenigstens einen Sonntagsstrauß schneiden«, meinte Tilli. »Die Mutter sieht am Sonntag gerne frische Blumen in jeder Stube.«

Aus den kleinen Waisen waren zwei liebliche Mägdlein geworden, Blumen im Garten Gottes. In Landeinsamkeit und Stille erzogen, in Gottesfurcht und Glauben unterwiesen, lag ihnen die Welt mit ihrem Getriebe fern. Ihre Welt war das Pfarrhaus mit seinem Garten, das Kirchlein und die Dorfgemeinde. In ihrer Erziehung war nichts vernachlässigt. Der Pfarrer hatte täglich einige Stunden für seine Töchter übrig gehabt, und der Kantor des Dorfes hatte ihn unterstützt. Die Mädchen waren begabt und fleißig, man konnte sie für wohlgebildet ansehen. Die Frau Pfarrerin dagegen hatte nicht versäumt, sie fürs praktische Leben zu erziehen. Sie wurden früh an Tätigkeit gewöhnt, durften sich vor keiner Arbeit scheuen, sondern lernten Freude daran finden. »Jede Arbeit, auch die anscheinend geringste, birgt einen Segen«, pflegte das Mütterchen zu sagen. »Nichts ist widerlicher als ein junges Mädchen, das mit seiner Zeit nichts anzufangen weiß oder sagt: ›Ich langweile mich.‹«

Tilli ist eben mit ihrem Strauß fertig und ordnet ihn in der Laube, während Dorchen mit aller Macht Wasser heranträgt, um die durstigen Blumen zu tränken. »Kind, Kind, was mühst du dich ohne Not«, rief eine Stimme vom Hof her, »siehst du denn nicht, daß es gleich tüchtig regnen wird?« Dorchen hielt inne und sah nach dem Himmel. »Du hast recht, Mütterchen, ich habe den ganzen Nachmittag mehr die Erde angeschaut als den Himmel, sonst würde ich die Wolken gesehen haben.«

Die Frau Pfarrerin stand jetzt bei ihren Töchtern und schaute mit Wohlgefallen auf sie. Tilli hatte ein feines, zartes Aussehen. Sie war schlank gewachsen, hatte dicke, blonde Zöpfe, regelmäßige Gesichtszüge und große blaue, seelenvolle Augen. Der Ausdruck der letzteren konnte mitunter etwas Besorgniserregendes haben, während Dorchen, etwas kleiner und untersetzter, einen durchaus gesunden Eindruck machte. Ihre munteren, rehbraunen Augen hatten etwas Blitzendes. Sie war klug, lebhaft und gab treffende Antworten, die zuweilen da, wo sie es wagen konnte, an Keckheit streiften. Tilli war von sanfterer Gemütsart. Beide hatten ihren Heiland lieb und bemühten sich, Ihm zur Ehre zu leben und den Eltern, die sie so innig liebten, zur Freude. Sie hatten es lange nicht gewußt, daß sie angenommene Kinder waren. Erst als sie verständig genug waren, hatten die Eltern es ihnen gesagt, damit sie nicht aus fremdem Munde hören sollten, was ihnen auf die Dauer nicht verborgen bleiben konnte. Aber es hatte wenig Eindruck auf die Kinder gemacht. Sie hörten es und glaubten es, aber die Eltern blieben die Eltern nach wie vor, daran konnte niemand rütteln. Die Liebe war bereits zu tief verwurzelt. Seitdem ließen sie sich aber gern erzählen von dem Tage, an welchem die Mutter sie aus der Stadt geholt hatte. Auch heute, als die Frau Pfarrerin bei ihnen im Garten stand und sagte: »Wißt ihr, meine Töchter, daß es bald 15 Jahre sind, als ich euch aus M. holte«, umschlangen sie beide die Mutter und baten: »Mütterchen erzähle!«

Die Töchter gingen mit der Mutter den Hauptweg des Gartens entlang auf und ab und merkten gar nicht, daß der Herr Pfarrer in der Gartentür stand, einen Brief hoch in der Hand haltend. »Ein Brief von Wilhelm«, rief er mit lauter Stimme. Nun hörten es die drei und kamen näher. »Denkt euch, der Junge hat sein Doktor-Examen mit Auszeichnung bestanden. Er kommt übermorgen.« Die Mädchen jubelten, der Frau Pfarrer aber kamen Tränen der Rührung. »Wie ich mich freue«, rief Tilli, während Dorchen schelmisch lächelte und meinte: »Wie der wohl als Doktor aussieht, davon kann ich mir gar keine Vorstellung machen. Aber fein ist's, daß er kommt, nun können wir Väterchens Geburtstag doppelt schön feiern!«

Des Pfarrers Geburtstag war seit dem Erscheinen der kleinen Mädchen immer ein besonderer Festtag gewesen, Wilhelm hatte es meist so einzurichten gewußt, daß er diesen Tag durch seinen Besuch verherrlichte.

Der Geburtstag kam heran, und mit ihm der junge Doktor. Ein stattlicher Mann war er geworden, der Vollbart stand ihm gut, ließ ihn aber älter erscheinen als er war; der Doktortitel verlieh ihm eine neue Würde. Ihm Hause seines Onkels hatte er Heimatrecht. Sein Vater war früh gestorben, seine Mutter lebte in einer fernen größeren Stadt in kleiner Wohnung. So kehrte er, wenn er nicht zu ihr konnte, gern in das ländliche, gastfreie Pfarrhaus ein. Er war seit den Knabenjahren verwachsen mit den Bewohnern desselben; Tilli und Dorchen betrachtete er vollständig als Schwestern. Vor dem Hause stand eine große Linde, unter deren Laubdach die Hausgenossen sich gerne versammelten. Hier finden wir sie auch heute, an Väterchens Geburtstag fröhlich beisammen.

»Wißt ihr auch, was ihr heute vor 15 Jahren waret?« wandte sich Wilhelm neckend an die Schwestern.

»Kleine niedliche Dinger«, antwortete Dorchen schnell.

»Die Väterchen erst gar nicht haben wollte«, fügte Tilli hinzu.

»Die Kleine wenigstens nicht«, sagte der Pfarrer und blickte sein Dorchen schelmisch an. In diesem Blick lag eine so innige Liebe zu dem Töchterchen, daß Dorchen sich den Scherz wohl gefallen ließ.

»Das war der schwerste Tag meines Lebens«, seufzte die Pfarrerin. »Oder vielmehr der Tag vorher, der war noch schwerer.«

»Weil du des Rates und Beistandes deines Gatten entbehrtest«, meinte der Pfarrer lächelnd.

Sie reichte ihm die Hand. »Du weißt, ich tue nichts mehr ohne dich, Friedrich.«

»Tantchen, erinnerst du dich unserer Fahrt vom Bahnhof hierher?« rief Wilhelm heiter. »Die Überführung Dorchens in den Ziegenstall –«

»Das brauchst du nicht immer wieder aufzufrischen, Wilhelm!« schmollte Dorchen und warf die Oberlippe auf.

Unbeirrt fuhr er fort: »Der Onkel sollte irregeführt werden. Wenn das Kind zeterte, sollte er denken, es sei die Ziege.«

»Danke für das Kompliment, Herr Doktor.«

»Es hat lange gewährt, ehe beim Vater die Freude zum Durchbruch kam«, sagte die Mutter, den Gatten freundlich anblickend.

»Aber sie kam«, fiel er ein, »und blieb, diese Freude an meinen Töchtern.« Ein Blick von ihm, und sie waren beide aufgesprungen und hatten ihn umschlungen.

»Lieber, lieber Vater«, rief Tilli, »jetzt würdest du uns nicht wieder fortschicken?«

»Nein, meine Tilli. Und ihr werdet eure Eltern auch nicht verlassen?« Tilli sagte nichts. Sie sah nur den Vater mit einem jener seelenvollen Blicke an, die der Mutter oft durchs Herz schnitten, dem Vater aber ohne Worte alles sagten.

Es entstand eine kleine Pause, die Dorchen unterbrach, als sie fragte: »Was sagten eigentlich die Leute im Dorf, als ihr plötzlich zwei Kinder hattet, Mütterchen?«

»Sie nahmen den innigsten Anteil. Das Haus wurde in den ersten Tagen nicht leer von Besuchern, auch fehlte es mir nicht an hilfreichen Händen.«

»Richtig, Rike wollte streiken«, rief Wilhelm dazwischen. »Sie brummte in der Küche, warf mit dem Geschirr herum und meinte: für Kinder habe sie sich nicht verdingt.«

»Und kündigte denselben Abend. – Das war ein böser Tag«, fügte die Pfarrerin hinzu.

»Wie gut, daß du mich zur Stütze hattest«, sagte Wilhelm mit komischem Ernst und warf sich in die Brust. »Ich habe die Kleinen fast den ganzen Sonntag im Garten umhergefahren. Du hattest mit dem Onkel die fürchterlich lange Aussprache; Rike brummte. So nahm ich die Rolle einer Kinderwärterin auf mich und habe meine Sache meisterhaft gemacht. Jetzt, als Doktor der Philologie und Knabenlehrer am Gymnasium, würde ich mich nicht mehr mit Mädchen befassen.«

»Wird auch gar nicht mehr gewünscht!« war Dorchens kecke Antwort.

»Aber Rike ist noch heutigen Tages bei uns und ist so lieb und gut. Mütterchen, du sagtest, sie habe uns so lieb gehabt?« fragte Tilli.

»Sie besann sich rasch. Sobald ich ihr erklärte, daß sie sich gar nicht mit euch befassen solle, daß ich mir ein Kindermädchen zu nehmen gedächte, dann wandte sich das Blättchen. Sie kam und bat, ich möchte sie behalten. Von dieser Zeit an war sie die treueste aller Mägde. Sie hatte einmal eine kleine Herzensgeschichte, aber der Geliebte wurde ihr untreu. Da gelobte sie, keinem Mann wieder zu trauen und immer bei uns zu bleiben. Ich wüßte auch keine andere, die so gut zu uns paßte.«

»Tilli war eher zu bändigen als du«, begann Wilhelm wieder zu necken.

»Immer geht's auf *mich*«, grollte Dorchen. »Ich wundere mich nur, daß ich nicht davongelaufen bin.«

»Ist auch dagewesen. Und ich war derjenige, der dich wieder einfing. Ich hätte eigentlich einen Orden haben sollen für alle Verdienste um euch.«

»Soll nächstens beantragt werden«, warf nun auch Tilli munter dazwischen. – Das Gespräch wurde noch länger fortgesetzt, es war ein nie zu erschöpfender Gegenstand.

Später am Abend wurde ein gemeinsamer Spaziergang unternommen. Wilhelm ging mit Onkel und Tante, denen er Genaueres über sein Examen mitteilte. Die beiden Schwestern hatten sich umschlungen und wanderten ein gutes Stück voraus.

Sie redeten von diesem und jenem; plötzlich hob Dorchen an: »Tilli! Mütterchen erzählte vorige Woche, eine reiche Dame hätte eine von uns annehmen wollen; kannst du dir denken, wie das gewesen wäre?«

»Du denkst wohl, du wärest dann wie eine Prinzessin gewesen, die in einem Schloß gewohnt hätte, die nichts hätte zu tun brauchen, der man nur aufgewartet?«

»Ich hätte immer viel Geld und schöne Kleider gehabt und wäre in der Kutsche spazieren gefahren.«

»Und hättest unsere lieben Eltern nicht haben mögen? O Dorchen!«

Jetzt erschrak Dorchen. »Das habe ich nicht gemeint«, sagte sie aufrichtig. »Väterchen und Mütterchen wollte ich nicht missen; es ist nirgends schöner als bei ihnen.« Nach einer Pause fuhr sie fort: »Es ist überhaupt so schön auf Gottes Welt.«

»Und wie wird's sein im Himmelszelt!« entgegnete Tilli leise. »Dorchen, wir haben's sehr gut. Hier auf Erden hat uns Gott so treffliche Eltern geschenkt, und wenn wir in den Himmel kommen zum Herrn Jesus, dann finden wir unsere eigentlichen Eltern dort wieder.«

»Tilli, du hast oft so sonderbare Gedanken, daran habe ich noch nie gedacht.«

»Noch eins«, fuhr Tilli fort. »Wenn die reiche Dame eine von uns genommen hätte und die Eltern die andere, dann wären wir weit auseinander, könnten nie zusammen sein.«

Dorchen erschrak wieder, sie hing sich ganz fest in Tillis Arm. »Wie gut, daß wir zusammen geblieben sind. O Tilli, von dir getrennt zu sein, das ertrüge ich nimmer.«

Tilli sah in die Höhe. Da blinkten schon einzelne Sterne. Sie begann erst leise, dann immer lauter:

Ach, denk' ich, bist du hier so schön,
Und läßt Du's uns so lieblich gehn
Auf dieser armen Erden:
Was will doch wohl nach dieser Welt
Dort in dem reichen Himmelszelt
Und güld'nen Schlosse werden?

Jetzt fiel Dorchens Stimme kräftiger ein und die beiden sangen zusammen:

O wär' ich da, o stünd' ich schon,
Liebreicher Gott! vor Deinem Thron
Und trüge meine Palmen!
So wollt' ich nach der Engel Weis'
Erhöhen Deines Namens Preis
Mit tausend schönen Psalmen.

Der Sommer war vergangen, schon mahnte in der Natur alles leise an die Vergänglichkeit alles Irdischen. Der wilde Wein, der die Laube des Pfarrgartens umrankte, war bunt gefärbt, und kam ein Wind, nahm er die gelben, roten und braunen Blätter und spielte damit. Tilli und Dorchen saßen in dieser Laube. Es war kurz vor Tisch, die Sonne schien warm hinein. Sie hatten den Inhalt ihrer Geldbörsen vor sich auf den Tisch geschüttet, zählten, rechneten und beratschlagten, was sie mit der Mutter im Städtchen einkaufen wollten. Einigemale im Jahr wurden solche Fahrten unternommen, zur höchsten Freude der jungen Mädchen. Zur bevorstehenden Winterzeit war allerlei nötig, der Pfarrer hatte jeder der beiden Töchter ein Goldstück geschenkt, dafür sollten sie sich unter Mütterchens Anleitung selbst ein Kleid kaufen. Sie rechneten, zu welchen weiteren Zwecken das Geld reichen sollte, schrieben ihre Besorgungen in ein Notizbüchlein und konnten kaum die Zeit der Abfahrt erwarten.

Nach dem Essen begaben sie sich mit der Mutter nach dem Bahnhof. Es war ziemlich leer im Wartezimmer. Außer einigen Männern und Frauen saß ganz in die Ecke gedrückt ein bleicher kummervoller Mann. Der Rock war dünn und fadenscheinig, der Hut schäbig und abgetragen.

»Wenn nur der Zug bald käme«, sagte das ungeduldige Dorchen zur Mutter.

»Wollte Gott, der *letzte* Zug käme bald«, seufzte der Mann in der Ecke. Erschrocken wandte sich die Pfarrerin um, sah teilnehmend auf den Armen und fragte, was ihn bedrücke. »Meine Not ist so groß, mir kann niemand helfen«, war die Antwort.

Damit ließ sich die Frau Pfarrerin nicht abweisen. Wenn Menschen nicht helfen könnten, so wäre *Gottes* Hilfe nie ausgeschlossen, versicherte sie. Durch ihren freundlichen Zuspruch zutraulich gemacht, begann der Mann zu erzählen, daß er um eines kleinen Versehens willen seine Stelle in der Fabrik des Herrn G. verloren habe; nun leide er mit seiner Familie Hunger, zwei Kinder seien krank.

Da pfiff der Zug, die Fahrgäste mußten einsteigen, und der Mann war ihren Blicken entschwunden. Die Not des Armen beschäftigte die jungen Mädchen sehr. Sie meinten, es ließe sich doch etwas tun. Mütterchen kenne Herrn G. ein wenig, ob sie nicht Fürsprache einlegen wolle. »Es wird wenig nützen«, meinte Frau Elisabeth, »Herr G. ist ein harter, strenger Mann. Auch müssen wir erst selbst sehen und prüfen.« Die Not ihrer Mitmenschen war ihnen wichtiger als das Einkaufen der Sachen. Im Städtchen angelangt, warteten sie, bis der elende Mann der vierten Klasse entstiegen war. Sie gingen mit ihm der Stadt zu, und die Pfarrerin ließ sich nähere Aufschlüsse geben. Nachdem sie die Adresse des Armen erfragt, versprach sie, ein fürbittendes Wort zu versuchen. Doch ihre Vermutung war richtig: höfliche, kühle Ablehnung seitens des Fabrikbesitzers. Er gebrauche tüchtige Arbeitskräfte: Leute, die beständig krank seien, taugen nicht für sein Geschäft.

Elisabeth begab sich nun mit ihren Töchtern in die Wohnung des Armen. Unterwegs flüsterten Tilli und Dorchen miteinander und brachten der Mutter vor, was sie sich, als sie vor der Villa des Herrn G. hatten warten müssen, ausgedacht. Sie wollten auf die Kleider verzichten und das Geld der bedrängten Familie schenken. Davon wollte die Mutter nichts wissen. Als sie aber sah, daß die Kinder in ihrem Entschluß fest waren, wollte sie dieselben nicht abhalten, Werke der Liebe zu üben. Sie machte sie nur darauf aufmerksam, daß sie sich im Winter mit den alten Kleidern behelfen müßten, daß es zu Weihnachten keine neuen gebe.

Sie fanden die Familie in sehr bedrängter Lage. Der Mann erzählte, wie er seit zehn Jahren in derselben Fabrik gearbeitet und sein schönes Auskommen gehabt habe. Vor drei Jahren habe der Herr seine Fabrik verkauft. Herr G., der jetzige Inhaber, sei hart und gefühllos; er nutze die Arbeiter aufs äußerste aus. Nun habe er krankheitshalber im letzten Jahr viel versäumen müssen. Deshalb sei sein Lohn verkürzt worden, seit einigen Wochen sei er ganz abgelohnt und finde nun bei seinem kränklichen Aussehen nirgends Arbeit. Er sei heute an einem andern Ort gewesen, um Beschäftigung zu suchen; da auch das fehlgeschlagen, sei er zu jenem Ausruf gekommen. Die Frau und die Kinder machten einen ärmlichen, verhungerten Eindruck, zwei Kinder lagen krank und bedurften der Pflege, doch hatten die Armen kaum trockenes Brot zur Sättigung. Die jungen Mädchen drückten still ihre Gabe in die Hand des Mannes, die Frau Pfarrerin gab der Frau etwas zur Pflege der Kinder und versprach, mit ihrem Mann zu reden, wie der Familie am besten aufzuhelfen sei. Dann verabschiedeten sie sich, begleitet von den Segenswünschen der dankbaren Leute.

Sie mußten eilen, ihre Einkäufe bis zum Abgang des Zuges zu machen. Um schneller fertig zu werden, trennten sie sich. Elisabeth übertrug den Töchtern verschiedene Kleinigkeiten und verabredete mit ihnen, sich abends um sieben Uhr am Bahnhof zu treffen. Sie ermahnte sie, besonders Tilli, die von zarter Gesundheit war, sich nicht zu erhitzen, und ging.

Die jungen Mädchen wurden indessen länger in den Läden aufgehalten, als sie dachten. Es war schon ziemlich spät, ein rauher Wind hatte sich erhoben und der Weg zum Bahnhof ging bergan. Dorchen war immer voran, während Tilli oft stehenblieb, um Atem zu schöpfen.

»Tilli, komm, es schlägt gleich sieben, wir müssen eilen, sonst bleiben wir sitzen«, rief Dorchen ängstlich.

»Ich kann nicht mehr laufen«, keuchte die zarte Schwester, »wenn's nicht anders geht, muß ich zurückbleiben.« Doch sie erreichten den Zug eine Sekunde vor dem Abgang. Frau Pfarrerin stand mit Angst an der offenen Wagentür. »Jetzt kommen sie! Gott sei Dank, daß ihr da seid. Schnell hierher!« Sie stürzten hinein, Tilli mit letzter Kraftanstrengung; erschöpft sinkt sie auf die Bank. –

Am andern Tag tobt der Wind um das Pfarrhaus. Er rast

durch den Obstgarten und schüttelt die Äpfel von den Bäumen. Die roten Früchte bleiben ruhig im Grase liegen, es kommt niemand, sie aufzulesen. Jetzt öffnet sich die Haustür. Dorchen stürzt mit verstörtem Antlitz heraus. Ihr Kleid flattert im Wind, sie achtet es nicht. Sie läuft bis ans Hoftor und sieht die Dorfstraße entlang, als schaute sie nach jemand aus. Jetzt kommt Rike atemlos gelaufen.

»Rike, meine gute Rike, hast du einen Boten?«

»Bauer Melcher hat seine besten Pferde aus dem Stall genommen und ist selbst zum Doktor gefahren.«

»Es ist schon wieder Husten mit Blut gekommen; o Rike, glaubst du, daß Tilli sterben muß?«

»Nein, ich glaube es nicht, mein Dorchen, das kann Gott der Herr nicht zulassen.« Und doch strafte der ängstlich sorgende Ausdruck des Blickes ihre Worte Lügen.

Sie verschwanden im Hause, und es wurde wieder alles still, bis auf den Wind, der seine Herrschaft behielt und in verschiedenen Tonarten ums Haus pfiff. Nach einer Stunde etwa hörte man Wagengerassel. Der Doktor fuhr durchs Dorf und bog in den Pfarrhof ein. Bald hieß es im ganzen Dorf: »In der Pfarre muß jemand sehr krank sein, der Doktor hat es so eilig.« Und am zweiten Morgen ging die Trauerkunde von Mund zu Mund: »Pastors Tilli ist gestorben, ein böser Bluthusten hat sie getötet.«

Ja, die liebliche Gottesblume war heimgegangen. Der Herr hatte sie in Seinen Himmelsgarten gepflanzt, da die Erde zu rauh war, sie zu tragen. Die Lilie war geknickt, noch eh' sie zur vollen Entfaltung gekommen war. »Ich gehe heim«, waren die Worte gewesen, als der erste Anfall vorüber war. »Ich danke euch, ihr lieben Eltern, für alles, was ihr an mir getan habt. Am meisten aber danke ich euch, daß ihr mich zu Jesus geführt habt, dessen Angesicht ich bald schauen werde.« Dann kamen wieder Beklemmungen und

Schmerzen, und wenn der Husten vorüber war, lag sie todesmatt auf ihrem Lager. Die Eltern standen tiefbetrübt bei ihr und beteten mit dem Kinde. In der letzten Nacht rief sie: »Nehmt euch der armen Familie an, gebt ihnen von meinen Sachen!« Nach einer Weile hob sie leise an: »Mütterchen, wie gut, daß wir das neue Kleid nicht kauften!« Sie faltete die Hände und betete: »Christi Blut und Gerechtigkeit, das ist mein Schmuck und Ehrenkleid, damit will ich vor Gott bestehn, wenn ich zum Himmel werd' eingehn.« Dorchen stand ohne Tränen zitternd und bleich am Fußende des Bettes, sie konnte nichts sagen, nichts tun, nur angstvolle Blicke richtete sie auf die todkranke Schwester. Dann kam der letzte, tötende Anfall. Dorchen fühlte sich sanft beim Arm genommen und hinausgeführt. Dann vergingen ihr die Sinnen. Als sie wieder zu sich kam, stand Rike neben ihr, schluchzend und weinend. Sie wußte es, sie hatte keine Schwester mehr.

Es war ein schöner, stiller Herbsttag, als man das Mägdlein zur ewigen Ruhe bettete. Das ganze Dorf beteiligte sich in tiefer Trauer. Ihre Altersgenossinnen brachten Blumen und Kränze und gaben ihr das Geleite. Hinter dem Sarg gingen die tiefgebeugten Eltern, in ihrer Mitte das bleiche, schmerzerfüllte Dorchen. Ein befreundeter Pfarrer aus der Nachbarschaft sprach am Grabe über die Worte: »Ich habe dich je und je geliebt, darum habe Ich dich zu mir gezogen aus lauter Güte.« Dann sang der Knabenchor: »Wie wird's sein, wie wird's sein, wenn ich zieh' in Salem ein, in die Stadt der goldnen Gassen, Herr, mein Gott, ich kann's nicht fassen, was wird das für Wonne sein!« Dorchen war alles wie ein tiefer, schwerer Traum, sie blieb still und starr; Tränen fand sie nicht. Erst am folgenden Tage gegen Abend, als sie ganz allein am Grabe der teuren, heißgeliebten Schwester stand, da löste sich der Druck, ein lang verhaltener Tränenstrom brach hervor. Sie schluchzte und weinte zum Herzbrechen, und leise Klagelaute wurden laut: »Meine Tilli, komm wieder«, oder »hole mich auch!«

Da berührte jemand sanft ihre Schulter. Eine Stimme sprach: »Mein liebes Kind, geben Sie sich nicht zu sehr der Trauer hin!« Der Kantor des Dorfes, ein frommer Mann, derselbe, der dem Pfarrer beim Unterrichten der Kinder geholfen, stand bei dem jungen Mädchen und sprach ihr tröstlich zu. Ihr Weinen wurde leiser, die Sprüche aus dem Wort Gottes legten sich wie linder Balsam auf die blutende Wunde. »Sehen Sie«, fuhr der treffliche Mann fort, »unsere Trauer darf nicht selbstsüchtig sein. Die Liebe suchet nicht das Ihre. Denken Sie, wie lieblich der Entschlafenen das Los gefallen ist, freuen Sie sich mit ihr, daß sie schon so früh gewürdigt ist, die Herrlichkeit Gottes zu schauen, gönnen Sie es ihr, daß ihre Seele daheim ist!« Dorchen blickte in den lichten, blauen Himmel. Sie hatte über dem Liegen im Staube den Himmel vergessen. Ja, sie wollte denken, wie gut es Tilli habe und es ihr gönnen.

»Und weiter«, fuhr der würdige Mann fort, »denken Sie daran, daß Sie nun den Eltern gegenüber eine doppelte Pflicht haben. Vater und Mutter haben Ihnen in selbstverleugnender Liebe alles getan, sie sind beide tiefgebeugt. Suchen Sie den Eltern den Schmerz, den Gott, der Herr, ihnen auferlegt, zu lindern dadurch, daß Sie ihnen dienen mit der Liebe, die nicht das Ihre sucht. Mein liebes Kind, gehen Sie nach Hause und machen Sie die Augen auf! Sie werden bald sehen, welch liebliche Arbeit Ihrer wartet. Seien Sie der Eltern, die Gott Ihnen gegeben, Trost und Augenlicht!«

Da ward es Dorchen plötzlich klar, wie sie sich in diesen Tagen allein ihrem Schmerz hingegeben und so wenig daran gedacht hatte, was die Eltern verloren hatten. Sie kam, wiewohl mit tiefster Trauer im Herzen, getröstet heim. Sie fand die Eltern im Wohnzimmer beide über ein Bild gebeugt. Tränen rannen über ihre Wangen, und eben sagte Frau Elisabeth:

»Gerade diesen Blick von unserer Tilli hatte ich am liebsten, wiewohl er mich oft mit einer unerklärlichen Angst erfüllte. Jetzt weiß ich, was er bedeutet. Es war der himmelwärts gerichtete Blick unseres Kindes, das früh seiner Vollendung entgegenreifte.«

Auf einmal fühlte sie sich von hinten umschlungen, eine sanfte Stimme bat: »Mütterchen, laß sie mich auch sehen!« Und dann, als die drei ihren Schmerz zusammen getragen, sprach Dorchen weiter: »Liebe Mutter, es ist ein so schöner Abend, du bist den ganzen Tag nicht draußen gewesen, die Luft wird dir wohl tun. Lieber Vater, begleitest du uns?«

Von da an war Dorchen eifrig darauf bedacht, den Eltern tausend kleine Liebesdienste zu erweisen, sich zu üben, das Gebot Gottes: »Ein jeglicher sehe nicht auf das Seine, sondern auf das, was des andern ist«, zu erfüllen. So dem Rat des alten Lehrers folgend, wurde sie unbewußt davon abgelenkt, den traurigen Gedanken nachzuhängen, und die Eltern empfanden den Besitz dieses ihnen gebliebenen Kindes mit doppeltem Dank gegen Gott.

Als Dorchen eines Abends von ihnen gegangen war, reichte der Pfarrer seiner Gattin tiefgerührt die Hand und sagte: »Elisabeth, nun weiß ich, warum es zwei sein mußten!« Sie lernten beide, wiewohl nach hartem Kampf und mit schwerem Herzen, sprechen: »Der Herr hat's gegeben, der Herr hat's genommen, der Name des Herrn sei gelobt!« –

Ein stiller Winter folgte. Mutter und Tochter schlossen sich enger denn je aneinander, doch war und blieb die Lücke, die Tillis Heimgang bereitet hatte, fühlbar groß. Sie waren zu innig miteinander verbunden gewesen, als daß es anders hätte sein können. Jeder Tag brachte seine Erinnerungen, sonderlich die Festzeiten und Geburtstage. Wie schmerzlich berührte es die Pfarrerin, als ihr Dorchen am 4. Dezember, ihrem Geburtstag, eine kleine Arbeit überreichte, die Tilli in der Stadt an jenem Tage für sie ausgesucht und selbst hatte anfertigen wollen.

»Hätte ich euch nur nicht allein gehen lassen, um die Besorgung zu machen«, klagte sie wieder; diesen Vorwurf machte sie sich beständig, obwohl der Arzt ihr versichert hatte, daß bei der vorjährigen Lungenentzündung die zarte Gesundheit Tillis so angegriffen worden sei, daß auch ohne äußere Veranlassung die schlimme Wendung hätte eintreten können. Der Pfarrer aber wies seine Gattin darauf hin, daß der Herr jeglichem sein Ziel gesteckt habe und daß Er diese Stunde für das liebe Kind ersehen habe, es heimzuholen in sein Himmelreich.

Wilhelm war, wie sich denken läßt, herzlich betrübt worden durch den Tod Tillis. Er hatte nicht kommen können, da er gerade in jenen Tagen durch die Versetzung an ein anderes Gymnasium in eine viel weiter entfernte Stadt hatte übersiedeln müssen. Er hatte aber an Onkel und Tante geschrieben und auch an Dorchen, voll inniger Teilnahme.

Unter den Leidtragenden am Begräbnistage war auch jener Mann gewesen, an dessen Familie Tilli zuletzt ein Werk der Barmherzigkeit getan hatte. Ihr Heimgang schien ihn sehr zu erschüttern; »denn«, sagte er, »diese edlen Menschen haben mich vom Rand der Verzweiflung errettet, haben mir den Glauben an Gott wiedergegeben.« Wie viele Seufzer, von der Armut ausgestoßen, verhallen! Die meisten gehen achtlos vorüber an den Elenden und Betrübten und bedenken nicht, wie ein freundliches Wort, ein Liebesdienst von unberechenbaren Folgen sein kann. Durch des Pfarrers

Bemühen und freundliche Verwendung bei Freunden wurde dem armen Mann eine Stelle zuteil, die er trotz seiner Kränklichkeit auszufüllen vermochte. Die Familie blieb seitdem dem Rosenhagener Pfarrhaus in größter Dankbarkeit verbunden.

Zwei Jahre sind vergangen. Es ist wieder Frühling. Rauhe Winde, kalte, regnerische Tage haben das Wachstum zurückgehalten. Nun aber, bei eingetretener warmer Witterung scheint die Natur ihre Gaben in doppelter Fülle spenden zu wollen. Die saftig grünen Wiesen, die dicht nebeneinander aufschießenden Halme auf den Feldern, alles verkündet, wie der Herr die Erde auf's neue segnen wolle. Und zur Freude der Menschheit schenkte er Blumen und Blüten überall. Muß da das Herz nicht fröhlich werden? Auch unser Dorchen schaut wieder vergnügt drein. Wenngleich die Trauer um die geliebte Schwester noch immer im Herzen wohnt und die Erinnerung an die Heimgegangene sie oft mit Wehmut erfüllt, so hat die alte fröhliche Natur in ihr wieder die Oberhand gewonnen, und die Eltern freuen sich des. Sie ist im Garten beschäftigt und zieht eben mit kundiger Hand das Unkraut aus einem Blumenbeet, dabei stimmt sie an: »Ich singe dir mit Herz und Mund, Herr, meines Herzens Lust, ich sing' und mach' auf Erden kund, was mir von dir bewußt.« Sie hört nicht, daß Männertritte nahen und singt weiter. Plötzlich, als sie den vierten Vers beginnt, fällt eine kräftige Baßstimme ein: »Wer hat das schöne Himmelszelt hoch über uns gesetzt? Wer ist es, der uns unser Feld mit Tau und Regen netzt?«

Dorchen springt auf und ruft errötend: »Wilhelm, du? Davon wußte ich ja gar nichts.«

»Es weiß niemand«, war die Antwort. »Ich will wieder einmal die Pfingstfeiertage bei euch verleben, hab' mich lange danach gesehnt. Hätt' es nicht gedacht, daß ich in beinahe drei Jahren eure Schwelle nicht betreten würde. Aber, Dorchen«, sagte er mit weichem Ton, und seine Züge nahmen einen traurigen Ausdruck an, »ich habe viel an euch gedacht.« Weiter konnte er nichts sagen. Er brachte den Namen ›Tilli‹ nicht über seine Lippen. Dorchen stürzten die Tränen aus den Augen, sie hatte Wilhelm nicht wieder gesehen, seit das Schwere über sie gekommen war. Ob er es wohl auch recht tief mitgefühlt hatte? Ernst und schweigend gingen sie nebeneinander ins Haus. Am Abend, als sie mit Hacke und Gießkanne zum Hoftor hinaus wollte und Wilhelm sie fragte, wohin sie gehe, antwortete sie vorwurfsvoll: »Wilhelm, weißt du das nicht? Willst du nicht mitgehen?« Er schüttelte den Kopf und gab vor, mit dem Onkel sprechen zu müssen. Sollte wohl der Schmerz nicht tief bei ihm gegangen sein, daß es ihn nicht hinzog an den Ort, wo ihre geliebte Schwester ruhte? Als sie an das Grab kam, fand sie einen frischen Kranz auf demselben. Wer konnte ihn anders hingelegt haben als Wilhelm, den sein Weg am Gottesacker vorbeigeführt hatte? Er war also schon dort gewesen, er mochte und konnte seine Gefühle vor andern nicht zur Schau tragen.

Gegen Dorchen war er anders, als er zu sein pflegte. Der alte neckende Ton hatte aufgehört, er behandelte sie zuvorkommend und rücksichtsvoll; es schien, als wollte er ihr hierdurch seine Teilnahme an dem schweren Verlust, der sie betroffen, kund tun. –

Wie ging es aber dem Dorchen in diesen Tagen? Sie, die bisher harmlos und zutraulich gegen Wilhelm gewesen, fühlte sich oft verlegen und befangen, wenn er sie anredete. Eines Tages, als er vom Spaziergang kam, mit einem großen Strauß Feldblumen für die Tante, entnahm er demselben zwei Vergißmeinnicht und gab sie Dorchen mit den Worten:

»Hier hast du auch etwas!« Sie nahm die Blumen dankend, fühlte aber, wie eine jähe Röte ihr bis in die Schläfen stieg, und sobald sie unbemerkt entschlüpfen konnte, lief sie hinauf in ihr Stübchen. Am Fenster blieb sie stehen und legte die Hand aufs klopfende Herz. »Was ist's nur?« sagte sie halblaut vor sich hin. »Ist der Wilhelm anders geworden oder ich? Er hat mir früher oft Blumen gebracht, große, dicke Sträuße, und ich bin nie so darüber erschrocken, wie über diese beiden winzigen Blümlein.« Sie drehte sie in den Fingern herum und betrachtete sie von allen Seiten. »Ihr seid meine herzigen, kleinen Lieblingsblumen«, sagte sie wieder und heftete ihre Augen sinnend auf dieselben, »warum muß ich denn über euch erschrecken und rot werden, und das Herz klopft, als wollt' es zerspringen? Ich bin böse auf euch«, rief sie plötzlich und warf die unschuldigen Blümlein auf den Tisch; »früher freute ich mich über euch, und jetzt macht ihr mich so unmutig, so ungemütlich! Und mit dem Wilhelm ist's auch nicht mehr so gemütlich. O, wenn doch Tilli hier wäre, sie könnte mir sagen, was mit mir ist. Es war doch viel, viel schöner, als wir zu dreien waren.« Sie stand wieder lange sinnend da, doch eh' sie ergründet hatte, was es mit dem Herzklopfen und Rotwerden auf sich hatte, rief die Mutter zur Arbeit. Das war gut. Unter der Bereitung des Abendbrotes verflogen die unnützen Gedanken, und beim Essen war Wilhelm so lustig, wie er noch gar nicht gewesen so lange er hier war. Sie mußte lachen und fand allmählich ihre alte Vertraulichkeit wieder.

Am Abend vor Wilhelms Abreise hatten Rike und Dorchen den Tisch unter der großen Linde gedeckt. Es waren Gäste da, ein benachbarter Pfarrer mit seiner Frau. Die Unterhaltung bei Tisch war eine lebhafte. Auch Wilhelm und Dorchen, die am untern Tisch saßen, unterhielten sich in alter, vertraulicher Weise. Plötzlich, als Wilhelm sah, daß

Dorchen kein Brot hatte und eben aufstehen wollte, um eins zu holen, hielt er sein großes Stück in die Höhe und sagte, sie schelmisch anblickend: »Darf ich mein Brot mit dir teilen?« Sie wurde wieder verlegen und stotterte, sie denke, das Brot sei ja da, sie könne sich abschneiden. Während sie sprach, merkte sie wieder, daß ihre bösen Feinde, das verräterische Rot und das heimtückische Herzklopfen, heranzogen. Wie oft hatte Wilhelm sie geneckt, und nie war sie ihm die Antwort schuldig geblieben. Jetzt saß sie da wie ein begossener Pudel und war wie auf den Mund geschlagen. Es war nur gut, daß die Eltern, die sich gerade eifrig unterhielten, nichts merkten. Aber Wilhelm, der mußte etwas gemerkt haben; er hatte sie so eigen angesehen und sein Brot zurückgenommen, und nun wagte sie gar nicht, so lange das Essen währte, ihm ins Gesicht zu blicken. Was mußte er von ihr denken? Wenn er nur erst abgereist wäre! Wollte sie das wirklich? Ach nein, ihretwegen konnte er immer, immer bleiben trotz alledem. Als der Tisch aufgehoben war und Wilhelm Dorchen »gesegnete Mahlzeit« wünschte, behielt er ihre Hand etwas länger in der seinen und sagte leise: »Dorchen, ich möchte dich etwas fragen. Sollte es wirklich wahr sein, daß –«

»Was habt ihr für Heimlichkeiten?!« rief der Pfarrer scherzend dazwischen. »Gesegnete Mahlzeit, mein Töchterchen!«

Dorchen flog in seine Arme, ging dann zum Mütterchen und hielt sich in deren Nähe auf. Als die Gäste aufbrechen wollten, schickte sich der Pfarrer an, sie zu begleiten, auch Dorchen erhielt die Weisung, mitzugehen, von Wilhelm wurde selbstverständlich dasselbe erwartet. Frau Pfarrerin rief die Rike, den Tisch abzudecken und begab sich ins Haus, um sich ein wenig auszuruhen. Als sie das Wohnzimmer betrat, stand Wilhelm am Fenster und trommelte mit den

Fingern an die Fensterscheiben.

»Wilhelm, ich dachte, du wärest mitgegangen?« sagte die Pfarrfrau.

»Konnte heute nicht«, sagte er, ohne sich umzudrehen.

»Was hast du, Wilhelm, du bist doch nicht krank?«

»Das nicht, aber ich möchte gern mit dir reden, Tante.« Dabei sah er immer zum Fenster hinaus und schaute die Tante gar nicht an. Endlich begann er: »Tantchen, du hast mir vor vielen Jahren das Dorchen einmal anvertraut, ich durfte sie allein vom Bahnhof nach Hause fahren. Ich – ich wollte dich fragen, ob du sie mir nicht auf ganz anvertrauen willst?«

»Wo willst du denn mit ihr hin?« fragte die Pfarrerin erstaunt.

»Tante«, rief Wilhelm ungeduldig, »verstehst du mich nicht? Ich möchte das Dorchen zur Frau.«

»Du willst doch nicht sagen, daß du mir mein Dorchen, mein ein und alles, entreißen willst?« rief die Pfarrerin aufs höchste erschrocken. »Nie und nimmermehr!«

»Ich habe sie aber lieb«, sagte Wilhelm weich, »und begehre sie und keine andere.«

Die Pfarrerin erklärte aufs bestimmteste, daraus könne nichts werden; das solle er sich aus dem Sinn schlagen. Weder sie noch ihr Mann könnten das Dorchen missen. Es sei rein unmöglich.

»Dann will ich sie auch nicht wiedersehen!« rief Wilhelm erregt. »Sage dem Onkel ›gute Nacht‹ von mir, ich komme heute abend nicht wieder herunter.«

Am andern Morgen früh war Wilhelm auf und davon. Rike berichtete, sie habe ihn um 5 Uhr wecken müssen, mit dem Sechsuhrzug sei er abgereist. Dorchen war aufs höchste erstaunt. Als sie beim Kaffee mit den Eltern von Wilhelm sprechen wollte, merkte sie wieder, daß auch bei Erwähnung seines Namens die Verlegenheit und das Erröten sich einstellten. Der Pfarrer war, als seine Gattin ihm am Abend die Unterredung mitgeteilt hatte, ebenso erstaunt gewesen, wie seine Gattin. Jedoch meinte er ernst, sie habe unrecht getan, es Wilhelm rundweg abzuschlagen; die Sache sei zu wichtig und für Dorchens ganzes Leben entscheidend. Er wolle, da Wilhelm erst am Mittwoch zu reisen gedenke, am nächsten Morgen mit ihm sprechen. Aber nun war der Brausekopf fort und hatte etwas hinterlassen, das den Frieden der kleinen Familie störte. Aber – hatte sie dazu die Kinder angenommen, daß sie ihr beide, beide wieder genommen werden sollten? Sie hatte einen schweren Kampf zu bestehen. Wäre nur Wilhelm nicht gleich so trotzig gewesen, hätte er vernünftig mit sich reden lassen! Aber er war kein Kind mehr, sondern ein Mann, und zwar ein solcher, der geeignet war, eine Frau glücklich zu machen. Glücklich? War das Dorchen nicht glücklich genug, hatte sie nicht Liebe vollauf? Gab es nicht aber noch ein anderes Glück, das ihr selbst in so reichem Maße zuteil geworden war an der Seite ihres Gatten? Das gönnte sie Dorchen nicht? War es nicht selbstsüchtig, sie nur für sich behalten zu wollen?

Dorchen dagegen hatte an dem verhängnisvollen Abend gewünscht, Wilhelm möchte über alle Berge sein, und nun, als dieser Wunsch schneller in Erfüllung gegangen war, als sie gedacht, erwachte im Herzen eine nie gekannte Sehnsucht nach diesem ihrem Gespielen und Jugendfreund. Was hatte er mit den Worten sagen wollen, die er ihr nach Tisch zugeflüstert? Daß auch gerade der Vater dazu kommen mußte! Sollte sie es der Mutter sagen? Eine unbestimmte Scheu hielt sie zurück. Da, eines Abends, als sie allein unter der Linde steht, hört sie im Zimmer der Eltern Stimmen. Die Fenster sind geöffnet und klar tönen der Mutter Worte an ihr Ohr:

»Und wenn Wilhelm das Dorchen nimmt, kannst du dir ein Leben ohne das Kind denken? Haben wir sie dazu angenommen und erzogen, daß sie uns entrissen werden soll?«

Jetzt weiß Dorchen alles. Schnellen flüchtigen Schrittes eilt sie in ihr Zimmer. Nun weiß sie, was Wilhelms schnelle Abreise zu bedeuten gehabt; nun ist ihr klar, warum die Mutter sie immer mit einem ängstlich fragenden Blick angesehen. Nun weiß sie aber auch plötzlich, was das Herzklopfen und die sonderbaren Gefühle zu bedeuten haben. Sie hatte den Wilhelm lieb; wenn er sie mitnähme bis ans Ende der Erde, sie würde ihm folgen. Aber durfte, konnte sie die geliebten Eltern verlassen, die Eltern, die schon ein Kind hergeben mußten mit blutendem Herzen? Sie hatte soeben selbst gehört, daß die Mutter sich eine solche Möglichkeit gar nicht vorstellen konnte. Sie kämpfte lange und schwer, sie bat Gott den Herrn, ihr das Rechte zu zeigen. Auf einmal standen die Worte, welche der würdige Lehrer ihr am Grabe der Schwester gesagt, klar vor ihrer Seele: »Die Liebe suchet nicht das Ihre.« Sie wurde ruhig. Sie wollte sich aller selbstsüchtigen Gedanken entschlagen, wollte in Liebe und Treue den Eltern dienen wie bisher, und nie diejenigen verlassen, die sich ihrer angenommen, als sie ein verlassenes Waislein war.

Nun hatte aber die Frau Pfarrer an demselben Abend auch einen guten Kampf gekämpft, hatte, von ihrem Gatten überzeugt, sich ihrer Selbstsucht geschämt und einen Brief geschrieben folgenden Inhalts:

> *»Mein lieber Wilhelm! Komm nur, sobald Du kannst! Wem gäben wir unser Herzens-Dorchen lieber, als unserem guten Jungen? Onkel und ich geben Dir unsern vollen Segen.*
> *Deine treue Tante Elisabeth.«*

»Mit schwerem Herzen«, hätte sie gern hinzugefügt, aber sie wollte ihn nicht noch einmal daran erinnern, welches Opfer sie brachte. Das wollte sie mit ihrem Gott allein abmachen. Sie ließ den Brief niemand im Hause sehen, sondern suchte sich einen sehr würdigen Boten dazu aus. Am Sonntag nach der Kirche, als der Kantor eben das Haus verlassen wollte, hörte sie ihn sagen, daß er zur Bahn gehen wolle, um einen Fremden abzuholen. Sie begleitete ihn bis zum Hoftor und bat ihn, den Brief zu besorgen. Der gewissenhafte Mann versprach es; konnte er wissen, daß der Freund schon ausgestiegen war, als er kam, und er über der Begrüßung den Brief in der Rocktasche stecken lassen würde? Abends wurde der Rock ausgezogen und sorgsam in den Kleiderschrank gehängt. Es war der Rock, der eigentlich nur an hohen Festtagen getragen wurde; zu Ehren des Freundes war er am heutigen Sonntag angezogen worden. Nun konnte er lange hängen, bis der alte Herr ihn sich gönnte; denn die Reihe der Trinitatis-Sonntage hatte begonnen, und bis Weihnachten war's noch lange hin!

Es war eine Woche vor den Sommerferien. Drückende Hitze überall. In der großen Stadt H. in den engen Straßen zwischen den hohen Häusern war es fast unerträglich. In einem der Häuser der inneren Stadt, im dritten Stockwerk, saß in einem ziemlich geräumigen, spärlich möbliertem Zimmer ein junger Gymnasial-Professor. Er hatte einen hohen Haufen Bücher vor sich und von mehreren Klassen die Aufsatzkorrekturen. Kein Spaß bei der Hitze. Es war nur gut, daß heute nachmittag Hitzeferien angeordnet waren; nun konnte er diese unliebsame Arbeit zu Ende bringen und am Abend, wenn es kühl geworden, sich im Freien erholen. Unter vielem Kopfschütteln, ärgerlichen Ausrufen, Durchstreichen und Schreiben war die Arbeit fertig geworden.

Nun schenkte er sich aus der neben ihm stehenden Wasserflasche ein großes Glas ein und leerte es. Ein zweites folgte. Dann stand er auf, warf seinen Rock von sich und vertauschte ihn gegen einen leinenen. Er warf sich seufzend in die Sofaecke. Es war nicht zum Aushalten in der heißen, dumpfen Stadt. Ja, wenn er innerlich froh hätte sein können, dann hätte er alle äußeren Unbequemlichkeiten und Drangsale gern auf sich genommen. Aber seit Wilhelm, denn er war es, nach Pfingsten von Rosenhagen zurückgekehrt war, hatte ein finsterer Schwermutsgeist sich seiner bemächtigt. Der Ort, an dem er das größte Glück zu finden hoffte, war ihm verleidet, er mochte gar nicht wieder hin. Die Liebe zu Dorchen hatte schon längst in seinem Herzen gewohnt, er hatte seine Gefühle zurückgedrängt, bis er ihr Heimat und Haus bieten konnte. Nun war er so weit. Sein Einkommen war nicht reichlich, aber derart, daß sie bei bescheidenen Ansprüchen ganz gut davon leben konnten. Da mußte ihm die böse Tante in die Quere kommen. »Nie und nimmermehr«, hatte sie gesagt, das war deutlich genug gesprochen. Hätte er sich nur an den Onkel gewandt! Aber er war von jeher mit der Tante so vertraut gewesen: vor dem Onkel hatte er immer gewaltigen Respekt gehabt; wie hätte er ihm sein Herzensgeheimnis beibringen sollen? Kurz und gut, die Tante *wollte* es nicht, und er wollte sich hüten, ihnen zu nahe zu kommen. Da bringt der Postbote einen Brief aus Rosenhagen. Er ist vom Onkel und lautet:

»Lieber Wilhelm!
Wir alle wundern uns, gar nichts von Dir zu hören. Die Tante läßt Dir sagen, sie habe jeden Tag, jede Woche auf einen Brief von dir gewartet und fände es sehr sonderbar, daß Du ihr nicht geschrieben. Mache Dein Unrecht wieder gut und sei in den Sommerferien unser Gast, wie in alten Zeiten. *Dein treuer Onkel.«*

»Ich mein Unrecht wieder gut machen? Was hab' ich denn verbrochen? Schnöde abgewiesen bin ich. Soll ich mir noch einmal sagen lassen, daß Dorchen nun und nimmermehr mein eigen werden soll? Nein, mit den Besuchen in Rosenhagen ist's vorbei.« Kühl, aber höflich antwortete er dem Onkel, er habe sich schon mit Freunden verabredet, eine größere Reise in die Schweiz zu machen. Er würde am 22. Juli mit dem Nachmittagszug durch Rosenhagen kommen, könnte aber keinen Abstecher dahin machen, da er, wie gesagt, mit Freunden zusammen reise.

»Unverantwortlich ist es von Wilhelm!« rief die Pfarrerin erzürnt. »Ich bringe ihm das schwerste Opfer, das ein Mensch bringen kann, und er ist ein Trotzkopf und mault mit seiner Tante. Da kann die Liebe nicht groß gewesen sein. Ich meine, auf meinen Brief hin hätte er, wenn er nicht kommen konnte, sofort schreiben müssen.«

Wenig ahnte die gute Frau, daß ihre liebevollen Zeilen wohlverwahrt im schulmeisterlichen Kleiderschrank, in Dunkelheit und Naphtalingeruch eingehüllt, steckten. Sie hatte seit dem vermeintlichen Abgang ihres Briefes unruhige Wochen verlebt. Oft hatte sie, anscheinend gleichgültig, in Dorchens Beisein sich verwundert über Wilhelms Schweigsamkeit ausgesprochen. Dorchen stimmte ihr bei, obwohl sie eine unbestimmte Ahnung hatte, daß etwas zwischen ihm und der Tante vorgefallen sein müsse. Sei dem wie ihm wolle. Ihre Pflicht stand ihr klar vor Augen, sie ging unbeirrt ihren Weg, war freundlich und dienstfertig und ließ nicht im leisesten merken, wie schwer ihr diese Selbstbeherrschung wurde. Heute nach Wilhelms Brief geriet die Frau Pfarrerin in Zweifel, ob überhaupt zwischen den beiden eine richtige Neigung vorhanden sei. Und doch – Dorchen war stiller als gewöhnlich, sie sah blaß und angegriffen aus. Sie wollte und mußte auch sie ergründen. Sie, die ihr bisher alles gesagt, mußte auch in dieser Sache ihr vertrauen.

»Dorchen, mein Kind«, begann sie am Nachmittag, als sie mit der Näharbeit am Fenster saßen, »hast du den Wilhelm lieb?«

»Natürlich hab' ich ihn lieb, Mütterchen, das weißt du doch.« Die Stimme zitterte und schnell breitete sie das Tüchlein, das sie flickte, vor ihr Gesicht, um zu sehen, ob noch eine dünne Stelle vorhanden sei. Aber schon zog die mütterliche Hand das Tüchlein weg und sah ihres Kindes Gesicht, Ohren und Hals, alles in rote Glut getaucht. Sie wußte ohne Worte alles.

»Ich glaube nicht, daß er dich lieb hat, sonst würde er schreiben.« Dorchen warf sich an der Mutter Brust und weinte bitterlich. Elisabeth streichelte sanft des Kindes Haupt, drückte einen Kuß auf ihre reine Stirne und verließ das Zimmer.

Sie wußte, woran sie war; nun wollte sie handeln. Und wenn sie wieder eine Reise hätte unternehmen müssen wie damals, als sie sich die Kinder holte, sie hätte es getan, um Dorchen glücklich zu machen, wenngleich sie selbst sie dabei verlieren mußte. Sie sah noch einmal Wilhelms Brief durch.

»Also Freitag mit dem Nachmittagszug kommt er nach Rosenhagen. Warte, Doktor, du willst mir entschlüpfen; so haben wir nicht gewettet!«

Pünktlich um 2 Uhr steht sie am Bahnhof. Sie trocknet sich das Gesicht, aber immer wieder perlen die Schweißtropfen von der Stirn, denn es ist sehr heiß. Sie hat etwas Zeit, sich zu erholen, in einer Viertelstunde erst kommt der Zug. Während sie nachsinnt, in welcher Weise sie Wilhelm am besten einige Minuten allein sprechen kann, sieht sie, daß vom Dorfe her jemand atemlos gerannt kommt. Wenn ihr scharfes Auge nicht trügt, so ist das Kantors Magd. Schon von weitem winkt sie mit etwas Weißem, ein Taschentuch kann's nicht sein, es ist zu klein. Jetzt keucht sie heran und läuft nach der Frau Pfarrer zu.

»Wie gut, daß der Zug noch nicht heran ist! Ich habe einen Brief für Herrn Doktor!« sagte die Magd.

»Für wen?« fragte Elisabeth erstaunt.

»Für den Herrn Wilhelm. Die Frau Kantorin hat heute alle Sachen in der Sonne und klopft sie aus wegen den Motten. Da findet sie diesen Brief in der Tasche von Herrn Kantors Festrock. Der Herr Kantor ist zum Tode erschrocken und ist eben in die Pfarre gelaufen, um sich zu entschuldigen. Der Herr Pfarrer aber hat mich, als ich ihm den Brief brachte, hierher gejagt; er sagte, der Herr Doktor, für den der Brief bestimmt sei, reise eben durch. Nun bin ich gerannt, daß ich außer Atem bin. Und hier ist der Brief!«

Wer beschreibt das Erstaunen der Frau Pfarrerin, als sie den von ihr geschriebenen wichtigen Brief in Händen hält.

»Diese Rocktaschen der Männer haben mich schon oft geängstigt«, sagte sie vor sich hin, als das Mädchen in demselben Tempo davongetrabt war. »Wenn der Herr Kantor den Brief nicht in der Hand gehalten hätte, als er sich verabschiedete, hätte ich das Unheil schon früher gemutmaßt. Armer Wilhelm, du bist gänzlich unschuldig und hast wohl Grund zu zürnen.« Doch viel Zeit zum Nachdenken bleibt nicht. Da pfeift der Zug, er hält nur fünf Minuten in Rosenhagen. Jetzt entsteigen die Fahrgäste dem Wagen, wo ist Wilhelm? Alles ist gedrängt voll, und die Wagenreihe ist lang. Endlich entdeckt die Frau Pfarrerin ein Abteil, mit jungen Herren besetzt. Lauter fremde Gesichter. Die Schaffner beginnen die Türen zu schließen.

»Ist ein Herr Doktor Wilhelm Friesen hier?«

Die jungen Herren verneigen sich höflich und sehen nach dem entgegengesetzten Ende. Da rührt sich etwas und eine Stimme sagt:

»Liebe Tante, ich kann heute nicht aussteigen, ich habe mich diesen meinen Freunden –«

»Bitte, meine Dame«, sagt der Schaffner und will die Tür schließen. Schnell wirft sie den Brief Wilhelm zu und ruft durch das Fenster:

»Dieser Brief ist am 28. Mai geschrieben worden und ist durch ein Versehen in der Rocktasche eines Herrn sitzen geblieben.« Sie sieht Wilhelm sich erheben, doch der Zug rollt weiter und die Worte, die er sagt, verhallen im Getöse.

»Gott sei Lob und Dank, daß er den Brief hat, nun mag kommen, was da will!« sagte die Pfarrerin und ging langsamen Schrittes nach Hause.

»Nun hat unser alter, treuer, gewissenhafter Kantor alles auf dem Gewissen«, rief der Pfarrer lachend, als Elisabeth erschöpft zu ihm ins Studierzimmer trat. »Er kam ganz zerknirscht zu mir, doch habe ich ihn nach besten Kräften getröstet. Hat Wilhelm den Brief?«

»Er hat ihn«, stöhnte Elisabeth, »das war aber beinahe schwerer als die Reise nach M.«

Am nächsten Morgen ist die Frau Pfarrerin früh auf, wie gewöhnlich. Sie steht in der offenen Haustür und hält Umschau auf dem Hofe. Da kommt jemand mit der Reisetasche gegen das Hoftor gewandert. »Wenn ich nicht wüßte, daß der Wilhelm auf Reisen wäre und in diesem Augenblick weit fort, dann müßte ich denken, er wär's, so sehr ähnlich sieht die Gestalt ihm.«

»Guten Morgen, Tantchen, da bin ich wieder!« Elisabeth fühlt sich von zwei kräftigen Armen umschlungen und dieselbe Stimme ruft: »Das war ein Kampf mit den Freunden! Nur eine Station bin ich weiter gefahren, dann bin ich ihren

Händen glücklich entronnen, die Nacht im Städtchen geblieben und mit dem Frühzug hierher. Dank, tausend Dank, liebste Tante! Nun bekomme ich doch das Dorchen *gleich*? Warum konnte der böse Brief nicht früher in meine Hände gelangen? Wo ist Dorchen?«

»Soll's denn gleich losgehen? Warte doch, bis der Kaffee getrunken ist! Nüchterne Aufregungen sind nicht gut.«

»Wenn mir der Kaffee schmecken soll, laß mich erst zu ihr.«

»Sie deckt den Frühstückstisch im Wohnzimmer.«

Dorchen hatte eben die Tassen zum Morgentrunk gestellt und Brot und Butter aufgetragen. Sie steht am Tisch, mit dem Rücken nach der Tür gekehrt. Sie denkt, da sie Männertritte hört, es ist der Vater, und wendet sich mit freundlich strahlendem Gesicht um, ihm den Morgengruß zu bieten. Aber erschrocken fährt sie zurück, als ob sie eine Erscheinung gesehen. Sie wird bleich und stottert: »Wilhelm, wo kommst du her? Ich dachte, du wärst in der Schweiz.«

»Die Schweiz mit ihren Bergen lockt mich wohl, aber viel, viel lieber komme ich zu dir, um mir über eine Frage Gewißheit zu holen.« Und nun sagt er ihr, wie er sie lange im Herzen getragen habe und keinen andern Wunsch habe, als sie sein eigen zu nennen. Sie solle ihm nur das eine sagen, ob sie ihn auch lieb habe und mit ihm durchs Leben gehen wolle. Sie antwortete ihm ruhig und klar, daß sie ihn wohl lieb habe, aber ihre Eltern nicht verlassen dürfe. Erst als Wilhelm den Brief der Tante gezeigt, erst als die Eltern ihr beide versichert, daß ihres Kindes Glück auch *ihr* Glück sei, gibt sie Wilhelm die Antwort, die er längst ersehnt hat. Und eine Stunde später kommt der Kaffee zu seinem Recht. Wilhelm sitzt mit strahlendem Angesicht neben der glücklichen Braut. Und als er wieder sein Brot in die Höhe hält und ruft: »Dorchen, willst du nun mein Brot mit mir teilen?« da wirft sie sich in seine Arme und sagt: »Nicht nur das Brot, alles, alles, Freude und Leid, wie's Gott der Herr uns beschert!« Wilhelm aber neigt sich zur Tante und sagt lächelnd: »Tante, nun bin ich doch froh, daß die Kleine kein *Junge* war.«

So sind die beiden, die sich von Kindheit an gekannt, für immer vereint. Die Eltern aber müssen auch das zweite Kind scheiden sehen und wieder ein schweres Opfer bringen.

Wieder sind Jahre vergangen. Der Pfarrer und seine Frau sind älter und älter geworden. Schon fühlen sie, daß die Kräfte abnehmen und es nicht mehr wie ehedem gehen will. Und als der Pfarrer zu kränkeln beginnt und sein Amt nicht mehr verwalten kann, denkt er daran, sich in den Ruhestand versetzen zu lassen.

Nun rückt die Zeit heran, zum Herbst soll er seine Abschiedspredigt halten, der Nachfolger ist bereits ernannt. Die beiden Alten sitzen betrübt nebeneinander und sprechen vom baldigen Scheiden aus Rosenhagen. In die Stadt wollen sie ziehen, wenn es sein kann, in die Nähe der Kinder. Doch Wilhelm, der immer noch Professor am Gymnasium ist, hofft von Jahr zu Jahr auf Versetzung. Deshalb ist es so schwer, einen Entschluß zu fassen; sie ratschlagen hin und her. Da meldet Rike Besuch. Es ist Wilhelm, der Schwiegersohn. Erstaunt, was ihn herführe, vernehmen sie, daß er unerwartet zum Direktor des Gymnasiums in Z. berufen worden sei, daß er schon im Oktober dahin ziehe und ein eigenes, großes Haus mit Garten als Amtswohnung erhalte. Er hat alles bereits eingesehen und einige Zimmer im untern Geschoß für die Eltern zur Wohnung bestimmt.

»Wir haben mit unsern Kindern Platz genug! Ich weiß, daß ich Dorchen, die von meinem Plane nichts ahnt, die größte Freude mache«, fuhr Wilhelm fort. »Was gibt es köstlicheres für sie, als ihren treuen Eltern den Lebensabend licht zu machen?«

Z. liegt von Rosenhagen nicht allzuweit entfernt. So wird beschlossen, daß mit Rikes Hilfe der Umzug der Eltern stattfinden soll, noch ehe Wilhelm mit seiner Familie eingezogen sei.

»Wilhelm«, sagte Dorchen eines Tages zu ihrem Gatten, »mir kommt immer und immer wieder der Gedanke, ob nicht die Eltern nach Z. ziehen könnten, dann hätten wir sie in der Nähe.«

»Ist möglich, daß sie sich dazu entschließen. Möchtest du das wirklich, meine kleine, liebe Frau Doktorin?«

»Im Rektorat wird nur wenig Platz sein, sonst könnten wir sie bei uns aufnehmen.«

»Erst sehen und prüfen«, meint Wilhelm und freut sich im stillen auf die Überraschung, die er seinem Dorchen bereitet hat. Und als sie nun angekommen und Dorchen voll Entzücken die Hände zusammenschlägt über das große, schöne Haus und sich verwundert, daß an der linken Seite schon Vorhänge an den Fenstern sind und Blumen und alles so wohnlich aussieht, da schaut der Kopf der Frau Pfarrerin zum Fenster heraus und über ihre Schulter blickt der Pfarrer. Sie nicken den Kindern den Willkommengruß zu und segnen ihren Eingang. Da ist Dorchen tiefbewegt. Bald umarmt sie Wilhelm, bald die Eltern, und immer wieder ruft sie, sie habe den besten Mann auf der Welt, und wenn Tilli noch lebte, wäre es vollkommen schön.

Die Eltern sind wohl geborgen bei ihren Kindern. Wenn die Winterstürme brausen und der Schnee durch die Luft wirbelt, freuen sie sich des behaglichen Stadtlebens. Wenn aber der Frühling kommt, vermissen sie ihr Dörflein auch nicht. Denn sie haben hinter dem Hause an der Stadtmauer einen geschützten Garten mit schönen Plätzen. Da sitzen die beiden Alten wie ehedem in Rosenhagen, unter blühenden

Bäumen, die treuen Kinder umgeben sie mit allem, was das Alter erfreuen kann; die blühenden Enkel machen die Herzen der Großeltern wieder jung. Der Pfarrer aber schlingt den Arm um seine Gattin und sieht ihr liebevoll in die treuen Augen.

»Elisabeth«, sagt er, »du hast es gut gemacht, daß du mir die *beiden* Kinder brachtest. Was wären wir ohne unser Dorchen? Nun wissen wir, warum es *zwei* sein mußten.«

In der Reihe H (»Heimatlicht«) in der Edition C sind u. a. erschienen:

Helene Hübener, REICH IN GOTT
Edition C, Nr. H 1, 248 Seiten
Helene Hübener, MARIA UND LISA
Edition C, Nr. H 2, 256 Seiten
Helene Hübener, VERSCHLUNGENE WEGE
Edition C, Nr. H 3, 224 Seiten
Helene Hübener, ES MUSS DOCH FRÜHLING WERDEN
Edition C, Nr. H 4, 336 Seiten
Helene Hübener, DREI FREUNDINNEN
Edition C, Nr. H 5, 160 Seiten
Helene Hübener, UNTER EINEM DACH
Edition C, Nr. H 6, 224 Seiten
Helene Hübener, AUS DEM LEBEN EINER WAISE
Edition C, Nr. H 7, 248 Seiten
Helene Hübener, IM ROSENHAUS
Edition C, Nr. H 8, 208 Seiten
Charlotte Woerner, VRENELIS GOLDENES HÄMMERLEIN
Edition C, Nr. H 9, 136 Seiten
Charlotte Woerner, GEISSEN-KASPARS GROSSES ERLEBNIS
Edition C, Nr. H 10, 80 Seiten
Charlotte Woerner, GEISSEN-KASPARS NEUE HEIMAT
Edition C, Nr. H 11, 200 Seiten
Rosa Sauer, DER SCHATZ IM ACKER
Edition C, Nr. H 12, 160 Seiten
Bertha Schmidt-Eller, HAUS GUDELIUS
Edition C, Nr. H 13, 184 Seiten
Käthe Dorn, DAS WEISSE KLEID
Edition C, Nr. H 14, 64 Seiten
Margarete Lenk, DES WALDBAUERN FRIEDEL
Edition C, Nr. H 15, 120 Seiten
Kristina Roy, OHNE GOTT IN DER WELT
Edition C, Nr. H 16, 64 Seiten
Helene Hübener, GROSSMÜTTERCHEN
Edition C, Nr. H 17, 280 Seiten
Wilhelm Jörn, ANNEGRET STELLT DAS HAUS AUF DEN KO
Edition C, Nr. H 18, 112 Seiten
Helene Hübener, TANTE HEDWIG
Edition C, Nr. H 19, 272 Seiten
Käthe Dorn, DIE SCHÖNSTEN HÄNDE
Edition C, Nr. H 20, 64 Seiten
Kristina Roy, IM SONNENLAND
Edition C, Nr. H 21, 128 Seiten
Helene Hübener, DIE SILBERNE KETTE
Edition C, Nr. H 22, 292 Seiten
Kristina Roy, DREI KAMERADEN
Edition C, Nr. H 23, 120 Seiten
Margarete von Oertzen, IN FRIEDEN
Edition C, Nr. H 24, 172 Seiten

Bertha Schmidt-Eller, HORST WESTERMANNS SENDUNG
Edition C, Nr. H 25, 160 Seiten
Helene Hübener, OLGA UND IHRE SCHWESTERN
Edition C, Nr. H 26, 296 Seiten
Kristina Roy, DER KNECHT
Edition C, Nr. H 27, 128 Seiten
Kristina Roy, GLÜCKLICHE MENSCHEN
Edition C, Nr. H 28, 64 Seiten
Helene Hübener, DIE NACHBARN
Edition C, Nr. H 29, 308 Seiten
Helene Hübener, NUR TREU
Edition C, Nr. H 30, 172 Seiten
F. A. Hoffmann, WENN WIEDER WEIHNACHTSROSEN BLÜHEN
Edition C, Nr. H 31, 112 Seiten
Charlotte Woerner, SPUREN IM AUSTRALISCHEN BUSCH
Edition C, Nr. H 32, 128 Seiten
Anna von Blomberg, BIS INS DRITTE UND VIERTE GLIED
Edition C, Nr. H 33, 168 Seiten
Kristina Roy, IN DER VERBANNUNG
Edition C, Nr. H 34, 96 Seiten
Margarete Lenk, IM FERNEN WESTEN
Edition C, Nr. H 35, 152 Seiten
Helene Hübener, IN DEN BERGEN
Edition C, Nr. H 36, 160 Seiten
Grace Livingston Hill, EIN AUSGEFALLENER PLAN
Edition C, Nr. H 37, 136 Seiten
Käthe Dorn, ADELES WANDLUNG
Edition C, Nr. H 38, 112 Seiten
Anna von Blomberg, EIN UNRUHIGES HERZ
Edition C, Nr. H 39, 256 Seiten
Otto Kägi, LONDONER SPATZEN
Edition C, Nr. H 40, 64 Seiten
Gerda von Kries, DAS GROSSE HEIMWEH
Edition C, Nr. H 41, 64 Seiten
Elisabeth von Maltzahn, WENN ICH IHN NICHT HABE . . .
Edition C, Nr. H 42, 96 Seiten
Amy LeFeuvre, CAROLAS REICHTUM
Edition C, Nr. H 43, 124 Seiten
Margarete Kühne, GOTT SEGNET ANDERS
Edition C, Nr. H 44, 64 Seiten
Elisabeth von Maltzahn, GETRAUTE TREUE
Edition C, Nr. H 45, 172 Seiten
N. P. Madsen, WENN DIE SONNE AUFGEHT
Edition C, Nr. H 46, 186 Seiten
Ernst Schreiner, DIE HÖCHSTE EHRUNG
Edition C, Nr. H 47, 64 Seiten

Weitere Titel in Vorbereitung